LE MARCHAND DE PASSÉS

DU MÊME AUTEUR

La Saison des fous, Gallimard, 2003

JOSÉ EDUARDO AGUALUSA

LE MARCHAND DE PASSÉS

Traduit du portugais (Angola)
par Cécile Lombard

Publié avec le concours de
l'Instituto Português do Livro e das Bibliotecas

Éditions Métailié
5, rue de Savoie, 75006 Paris
www.editions-metailie.com
2006

MINISTÉRIO DA CULTURA

INSTITUTO PORTUGUÊS DO
LIVRO E DAS BIBLIOTECAS

Titre original : *O vendedor de passados*

ISBN : 2-86424-567-1
ISSN : 0757-9276

"Si je devais renaître, je choisirais quelque chose de totalement différent. J'aimerais être norvégien. Peut-être persan. Pas uruguayen, parce que ce serait comme changer de quartier."

Jorge Luis Borges

UN PETIT DIEU NOCTURNE

Je suis né dans cette maison et j'y ai grandi. Je n'en suis jamais sorti. Lorsque vient le soir j'appuie mon corps contre le cristal des fenêtres et je contemple le ciel. J'aime voir les flammes hautes, les nuages au galop et, au-dessus, les anges, des légions d'anges, qui secouent les étincelles de leur chevelure, en agitant leurs grandes ailes en flammes. C'est toujours le même spectacle. Tous les soirs, pourtant, je viens jusqu'ici, et je m'amuse et je m'émeus comme si je le voyais pour la première fois. La semaine dernière Félix Ventura est arrivé plus tôt et m'a surpris à rire pendant que là dehors, dans l'azur agité, un énorme nuage courait en rond, comme un chien, tentant d'éteindre le feu qui lui embrasait la queue.

– Ah, c'est incroyable ! Tu ris ?

L'étonnement de cette créature m'a irrité. J'ai eu peur mais je n'ai pas bougé un muscle. L'albinos a ôté ses lunettes noires, les a rangées dans la poche intérieure de sa veste, puis il l'a quittée, lentement, mélancoliquement, et accrochée avec soin sur le dossier d'une chaise. Il a choisi un disque de vinyle et l'a placé sur le vieil électrophone. *Berceuse pour un fleuve,* de Dora la Cigale, une chanteuse brésilienne qui, je pense, a connu quelque notoriété dans les années 70. Ce qui m'amène à le supposer, c'est la pochette du disque. C'est le dessin d'une femme en bikini, noire, jolie, avec de larges ailes de papillon attachées dans le dos. "Dora, la Cigale – *Berceuse pour un fleuve* – le grand succès du moment." Sa voix brûle dans l'air.

Ces dernières semaines, c'est elle qui a été la bande-son du crépuscule. Je connais les paroles par cœur.

Rien ne passe, rien n'expire
Le passé est
un fleuve qui dort
et la mémoire un mensonge
aux mille formes.

Dorment les eaux du fleuve
et en mon sein dorment les jours
dorment
dorment les blessures
les agonies,
dorment.

Rien ne passe, rien n'expire,
Le passé est
un fleuve endormi
Il semble mort, c'est à peine s'il respire,
réveillez-le, et il bondira
dans un grand cri.

Félix a attendu que s'éteignent, en même temps que la lumière, les dernières notes du piano. Ensuite, presque sans faire de bruit, il a tourné l'un des canapés de façon à se trouver face à la fenêtre. Enfin il s'est assis. Il a allongé ses jambes avec un soupir :

– *Popílas!* Bon sang ! Alors, Votre Bassesse rit ? C'est une nouvelle extraordinaire…

Il m'a semblé abattu. Il a approché son visage et j'ai vu ses pupilles injectées de sang. Son souffle m'a enveloppé. Une chaleur aigre.

– Affreuse peau que la vôtre. Nous devons être de la même famille.

Je m'y attendais. Si j'avais pu parler, j'aurais été grossier. Mon appareil vocal, cependant, ne me permet que de rire. Alors, j'ai tenté de lui jeter à la figure un éclat de rire féroce, un bruit qui puisse l'effrayer, l'éloigner de là, mais je n'ai pu émettre qu'un faible gargouillis. Jusqu'à la semaine dernière l'albinos m'a toujours ignoré. Depuis ce moment-là, depuis qu'il m'a entendu rire, il arrive plus tôt. Il va à la cuisine, revient avec un verre de jus de papaye, s'assoit sur le canapé et partage avec moi la fête du couchant. Nous faisons la conversation. Ou plutôt, il parle, et moi j'écoute. Parfois je ris et cela lui suffit. Je crois que déjà un fil d'amitié nous lie. Les samedis soirs, pas tous, l'albinos arrive en tenant une fille par la main. Ce sont des filles sveltes, grandes et flexibles, aux jambes d'échassier. Certaines entrent craintivement, s'assoient au bord d'une chaise, en évitant de le regarder en face, incapables de dissimuler leur répulsion. Elles prennent un rafraîchissement, à petites gorgées, et ensuite elles se déshabillent en silence et l'attendent allongées sur le dos, les bras croisés sur leurs seins. D'autres, plus hardies, s'aventurent seules dans la maison, évaluant l'éclat de l'argenterie, la qualité des meubles, mais elles reviennent vite au salon, effarouchées par les piles de livres dans les chambres et les couloirs, et surtout par le regard sévère des messieurs en haut-de-forme et monocle, le regard moqueur des *bessanganas*, ces bourgeoises traditionnelles de Luanda et de Benguela, le regard ébahi des officiers de marine portugais dans leur uniforme d'apparat, le regard halluciné d'un prince congolais du XIXe siècle, le regard de défi d'un célèbre écrivain noir américain, qui posent tous pour l'éternité au milieu de cadres dorés. Elles cherchent un disque sur les rayonnages,

“T’as pas du *kuduro*, mec ?”

et comme l’albinos n’a pas de musique angolaise, *kuduro* ou *kizomba*, ni Banda Maravilha ni Paulo Flores, les grands succès à la mode, elles finissent par choisir ceux dont la pochette est la plus colorée, invariablement des rythmes cubains. Elles dansent, brodant des petits pas sur le plancher, tout en faisant sauter un à un les boutons de leur chemisier. Leur peau parfaite, très noire, humide et lumineuse, contraste avec celle de l’albinos, rose, sèche et rugueuse. Moi, je vois tout. Dans cette maison je suis comme un petit dieu nocturne. Pendant la journée, je dors.

LA MAISON

La maison vit. Elle respire. Je l'entends, toute la nuit, qui soupire. Les larges murs de pisé et de bois sont toujours frais, même lorsque, en plein midi, le soleil fait taire les oiseaux, souffrir les arbres, fondre le goudron. Je rampe le long des murs comme un acarien sur la peau de son hôte. Je sens, quand je les enlace, un cœur qui bat. Peut-être le mien. Peut-être celui de la maison. Peu importe. Il me fait du bien. Il me transmet de la sécurité. La Vieille Espérance amène parfois l'un de ses plus jeunes petits-enfants. Elle les porte sur son dos, bien attachés avec une étoffe, selon l'usage séculaire du pays. Elle fait tout son travail ainsi. Elle passe le balai, ôte la poussière des livres, fait la cuisine, lave le linge, le repasse. Le bébé, la tête collée à son dos, sent son cœur et sa chaleur, se croit de nouveau dans l'utérus de sa mère et dort. J'ai avec la maison une relation semblable. Lorsque vient le soir, je l'ai déjà dit, je reste dans le salon, collé aux vitres, à regarder mourir le soleil. Après la tombée de la nuit je vagabonde dans les autres pièces. Le salon s'ouvre sur le petit jardin, étroit et mal entretenu, dont l'unique charme provient de deux glorieux palmiers impériaux, très hauts, très hautains, qui se dressent chacun à une extrémité, veillant sur la maison. La pièce est attenante à la bibliothèque. On passe de celle-ci au couloir par une large porte. Le couloir est un tunnel profond, humide et sombre, qui donne accès à la chambre, à la salle à manger et à la cuisine. Cette partie de la maison est orientée vers le verger.

La lumière du matin effleure les murs, verte, douce, filtrée par la haute ramure de l'avocatier. Au fond du couloir, à gauche en entrant, si l'on vient du salon, s'élève péniblement un petit escalier dont l'élan est brisé par deux paliers. Si l'on monte, on arrive à une espèce de grenier mansardé, que l'albinos fréquente peu. Il est rempli de caisses de livres. Moi non plus, je n'y vais pas souvent. Des chauves-souris dorment sur les murs, la tête en bas, enveloppées dans leurs capes noires. J'ignore si les geckos font partie du régime des chauves-souris. Je préfère ne pas le savoir. C'est la même raison – la terreur ! – qui m'empêche d'explorer le verger. Je vois, des fenêtres de la cuisine, de la salle à manger ou de la chambre de Félix, la mauvaise herbe qui pousse sans retenue entre les rosiers. Un immense avocatier s'élève, touffu, juste au milieu du jardin. Il y a encore deux grands néfliers, chargés de nèfles, et une bonne dizaine de papayers. Félix croit au pouvoir régénérateur des papayes. Un haut mur ferme le jardin. Son sommet est surmonté de tessons de verre, de couleurs variées, pris dans du ciment. D'ici, d'où je les vois, on dirait des dents. Ce féroce artifice n'empêche pas que, de temps à autre, des enfants sautent le mur et volent des avocats, des nèfles et des papayes. Ils posent une planche sur le mur et se hissent ensuite jusqu'en haut. Cela me semble une tâche trop risquée pour si peu de profit. Peut-être ne le font-ils pas pour goûter les fruits ? Je crois qu'ils le font pour goûter le risque. Demain le risque aura peut-être, pour eux, le goût des nèfles mûres. Imaginons que l'un d'eux devienne démineur. Dans ce pays le travail ne manque pas pour les démineurs. Hier encore j'ai vu à la télévision un reportage sur le processus de déminage. Un dirigeant d'une organisation non gouvernementale a déploré que les chiffres soient si imprécis. Personne ne sait, au juste, combien de mines ont été enterrées dans le sol de l'Angola. Entre dix et vingt millions. Il doit probablement y avoir plus de mines que d'Angolais. Supposons, donc, que l'un de ces enfants devienne un jour démineur. Chaque fois qu'il rampera à travers un champ de mines lui viendra à la bouche la lointaine saveur d'une nèfle. Un jour il sera confronté à l'inévitable question, lancée, avec un mélange de curiosité et d'horreur, par un journaliste étranger :

– À quoi pensez-vous lorsque vous désamorcez une mine ?

Et l'enfant qui est encore en lui répondra en souriant :

– À des nèfles, mec.

La Vieille Espérance, elle, pense que ce sont les murs qui font les voleurs. Je l'ai entendue le dire à Félix. L'albinos l'a dévisagée, amusé :

– Voilà-t-il pas que j'ai une anarchiste à la maison ! D'ici peu je vais découvrir qu'elle est en train de lire Bakounine.

Il a dit ça, et ne lui a plus prêté attention. Elle n'a jamais lu Bakounine, bien sûr ; d'ailleurs, elle n'a jamais lu aucun livre, elle sait à peine lire. Toutefois, peu à peu j'apprends beaucoup de choses sur la vie, en général, ou sur la vie dans ce pays, c'est-à-dire la vie en état d'ébriété, en l'écoutant parler toute seule, tantôt en un doux murmure, comme si elle chantait, tantôt à voix haute, comme si elle pestait, tout en faisant le ménage. La Vieille Espérance est convaincue qu'elle ne mourra jamais. En 1992, elle a survécu à une tuerie. Elle était allée chez un dirigeant de l'opposition chercher une lettre de son fils cadet, en service à Huambo, quand a éclaté une violente fusillade. Elle a insisté pour sortir de là, elle voulait rentrer dans son quartier, mais on ne l'a pas laissée faire.

– C'est de la folie, la vieille, faites comme si c'était la pluie. Ça va passer bientôt.

Ça n'a pas passé. La fusillade, comme une tempête, s'est intensifiée, durcie, est montée en direction de la maison. Félix m'a raconté ce qui s'est passé cet après-midi-là :

– Une troupe braillarde est arrivée, une bande d'émeutiers bien armés, complètement ivres ; ils sont entrés de force dans la maison et ils ont tabassé tout le monde. Le commandant a voulu savoir comment s'appelait la vieille. Elle lui a dit, *Espérance Job Sapalalo, patron,* et il a ri. Il s'est moqué, *l'Espérance est la dernière à mourir.* Ils ont aligné le dirigeant et sa famille dans le jardin et les ont fusillés. Lorsque le tour de la Vieille Espérance est venu, il ne restait plus de balles. *Ce qui t'a sauvée,* lui a crié le commandant, *c'est la logistique. Notre problème, ça sera toujours la logistique.* Puis il l'a mise dehors. Maintenant elle se croit immunisée contre la mort. Peut-être qu'elle a raison.

Cela ne me semble pas impossible. Espérance Job Sapalalo a une fine toile de rides sur le visage, les cheveux tout blancs, mais sa chair est toujours ferme, et ses gestes sont sûrs et précis. À mon avis, elle est le pilier qui soutient cette maison.

L'ÉTRANGER

Félix Ventura étudie les journaux pendant le dîner, il les feuillette attentivement et si un article l'intéresse, il le coche au stylo, à l'encre violette. Il finit de manger, et ensuite il le découpe soigneusement et le garde dans un fichier. Sur l'une des étagères de la bibliothèque, il y a des dizaines de ces fichiers. Sur une autre dorment des centaines de cassettes vidéo. Félix aime enregistrer les journaux télévisés, les événements politiques importants, tout ce qui peut lui être utile un jour. Les cassettes sont rangées par ordre alphabétique, suivant le nom de la personnalité ou de l'événement auxquels elles se rapportent. Son dîner se résume à un bol de *caldo verde,* une soupe spécialité de la Vieille Espérance, une infusion de menthe et une grosse tranche de papaye, assaisonnée de citron et d'une goutte de Porto. Dans la chambre, avant de se coucher, il enfile son pyjama avec une telle solennité que je m'attends toujours à le voir nouer autour de son cou une cravate sombre. Ce soir, la stridulation de la sonnette l'a interrompu au moment de la soupe. Cela l'a fâché. Il a plié le journal et s'est levé avec effort pour aller ouvrir la porte. J'ai vu entrer un homme grand, distingué, au nez aquilin, aux pommettes saillantes, avec une grosse moustache, recourbée et lustrée, comme on n'en porte plus depuis un siècle. Ses yeux, petits et brillants, semblaient prendre possession de tout. Il portait un costume bleu, démodé, qui lui allait cependant bien, et tenait dans sa main gauche une serviette de cuir. Le salon s'est assombri. C'était comme si la nuit, ou quelque chose de plus endeuillé encore que la nuit, était entré en même temps que lui. Il a montré une carte de visite. Il a lu à haute voix :

– Félix Ventura. Assurez à vos enfants un meilleur passé. Il a ri. Un rire triste, mais sympathique : c'est vous, je présume ? C'est un ami qui m'a donné cette carte.

Je n'ai pas réussi à deviner son origine à son accent. L'homme parlait doucement, avec un mélange d'intonations variées, une subtile âpreté slave, tempérée par le miel suave du portugais du Brésil. Félix Ventura a reculé :

– Qui êtes-vous ?

L'étranger a fermé la porte. Il s'est promené dans le salon, les mains croisées derrière le dos, s'arrêtant un bon moment devant le beau portrait à l'huile de Frederick Douglass. Finalement il s'est assis sur l'un des fauteuils et, d'un geste élégant, a invité l'albinos à faire de même. On aurait dit que c'était lui le maître de maison. Des amis communs, a-t-il dit, et sa voix s'est faite encore plus suave, lui avaient indiqué cette adresse. Ils lui avaient parlé d'un homme qui trafiquait les souvenirs, qui vendait le passé, secrètement, comme d'autres font de la contrebande de cocaïne. Félix l'a regardé avec méfiance. Tout l'irritait chez cet étranger, ses manières douces et autoritaires à la fois, son discours ironique, sa moustache archaïque. Il s'est assis dans un majestueux fauteuil de rotin, à l'autre bout de la pièce, comme s'il avait peur d'être contaminé par l'amabilité de l'autre.

– Puis-je savoir qui vous êtes ?

Cette fois non plus, il n'a pas obtenu de réponse. L'étranger a demandé la permission de fumer. Il a sorti de la poche de sa veste un étui d'argent, l'a ouvert et s'est roulé une cigarette. Ses yeux sautillaient de droite à gauche, distraitement attentifs, comme ceux d'une poule qui gratte dans la poussière. Il a laissé la fumée se répandre et l'envelopper. Il a souri avec une chaleur inattendue :

– Mais dites-moi, mon cher, qui sont vos clients ?

Félix Ventura s'est rendu. Toute une classe, la nouvelle bourgeoisie, a-t-il expliqué, recherchait ses services. C'étaient des entrepreneurs, des ministres, des propriétaires terriens, des trafiquants de diamants, des généraux, des gens, enfin, dont l'avenir était assuré. Ce qu'il manque à ces gens, c'est un bon passé, des ancêtres illustres, des parchemins. En bref : un nom qui évoque la noblesse et la culture. Il leur vend un passé neuf sur papier. Il trace leur arbre généalogique. Il leur donne des photographies de leurs grands-parents et de leurs arrière-grands-parents, des messieurs de belle prestance, des dames des temps anciens. Les entrepreneurs, les ministres, aimeraient avoir pour tantes ces dames-là, a-t-il poursuivi, en désignant les portraits sur les murs – de vieilles dames drapées dans leurs étoffes, d'authentiques *bessanganas* –, ils aimeraient avoir un aïeul au port illustre d'un Machado de Assis, d'un Cruz e Sousa, d'un Alexandre Dumas, et lui leur vend ce rêve innocent.

– Parfait, parfait. (L'étranger a lissé sa moustache.) C'est ce qu'on m'a dit. J'ai besoin de vos services. Je crains d'ailleurs que cela vous donne pas mal de travail.

– Le travail rend libre, a murmuré Félix. Il l'a peut-être dit pour provoquer, pour tester l'identité de l'intrus, mais si telle était son intention il en a été pour ses frais, car l'autre s'est contenté de hocher la tête en signe d'assentiment. L'albinos s'est levé et s'est dirigé vers la cuisine. Il est revenu peu après en tenant à deux mains une bouteille de bon vin rouge portugais. Il l'a montrée à l'étranger. Il lui a tendu un verre. Il a demandé :

– Puis-je savoir votre nom ?

L'étranger a examiné le vin à la lumière de la lampe. Il a baissé les paupières et bu lentement, attentif, heureux, comme s'il suivait le vol d'une fugue de Bach. Il a posé son verre sur une table basse, juste devant lui, un meuble d'acajou au plateau de verre ; finalement, il s'est redressé et a répondu :

– J'ai eu beaucoup de noms, mais je veux les oublier tous. Je préfère que ce soit vous qui me baptisiez.

Félix a insisté. Il avait besoin de connaître, au moins, les occupations de ses clients. L'étranger a levé la main droite, une grande main, aux doigts longs et osseux, en un geste de vague refus. Puis il l'a baissée et a soupiré :

– Vous avez raison. Je suis reporter-photographe. Je recueille des images de guerres, de la faim avec ses fantômes, de catastrophes naturelles, de grandes calamités. Considérez-moi comme un témoin.

Il a expliqué qu'il avait l'intention de se fixer dans le pays. Il voulait davantage qu'un passé décent, une famille nombreuse, oncles et tantes, cousins et cousines, grands-pères et grands-mères, y compris deux ou trois *bessanganas*, bien que déjà tous morts, naturellement, ou vivant en exil, il voulait davantage que des portraits et des récits. Il lui fallait un nouveau nom et des papiers angolais, authentiques, qui prouvent son identité. L'albinos l'écoutait, atterré :

– Non ! a-t-il enfin articulé. Ça, je ne le fais pas. Je fabrique des rêves, je ne suis pas un faussaire... De plus, excusez ma franchise, il serait difficile de vous inventer toute une généalogie africaine.

– Ça alors ! Et pourquoi ?

– Eh bien... vous êtes blanc !

– Et alors ? Vous êtes plus blanc que moi !

– Blanc, moi ?! (L'albinos s'est étranglé. Il a sorti un mouchoir de sa poche et s'est essuyé le front) Non, non ! Je suis noir. De pure race. Je suis un autochtone. Vous ne voyez pas que je suis noir ?

Moi, qui étais resté tout le temps à ma place habituelle, près de la fenêtre, je n'ai pas pu m'empêcher d'éclater de rire. L'étranger a levé le visage comme s'il flairait l'air de la pièce. Tendu, en alerte :

– Vous avez entendu ça ? Qui a ri ?

– Personne, a répondu l'albinos, et il m'a montré du doigt : c'est le gecko.

L'homme s'est levé. Je l'ai vu s'approcher et j'ai senti que ses yeux me transperçaient. C'était comme s'il regardait droit dans mon âme (ma vieille âme). Il a hoché la tête en silence, perplexe :

– Vous savez ce que c'est ?

– Pardon ! ?

– C'est un gecko, oui, mais d'une espèce très rare. Vous voyez ces rayures ? Il s'agit d'un gecko tigre, ou gecko tigré, un animal timide, encore peu étudié. Les premiers spécimens ont été découverts il y a une demi-douzaine d'années en Namibie. On pense qu'ils peuvent vivre vingt ans, peut-être plus. Leur rire est impressionnant. N'avez-vous pas l'impression que c'est un rire humain ?

Félix a acquiescé. Oui, au début lui aussi avait été troublé. Puis il avait consulté quelques livres sur les reptiles, qu'il avait trouvés ici même, dans la maison, il avait des livres sur tout, des milliers, il les avait hérités de son père adoptif, un marchand de livres anciens qui avait quitté Luanda pour Lisbonne peu de temps après l'Indépendance, et il avait découvert que certaines espèces de geckos peuvent produire un son assez fort, ressemblant à un éclat de rire. Ils sont restés un bon moment à parler de moi, ce qui m'a mis mal à l'aise, parce qu'ils le faisaient comme si je n'étais pas là. En même temps, je sentais que ce n'était pas de moi qu'ils parlaient, mais d'un être d'une autre espèce, d'une vague et lointaine anomalie biologique. Les hommes ignorent presque tout des petits êtres avec lesquels ils partagent leur foyer. Les rats, les chauves-souris, les cafards, les fourmis, les acariens, les puces, les mouches, les moustiques, les araignées, les vers dc terre, les mites, les termites, les punaises, les charançons, les escargots, les scarabées. J'ai décidé qu'il valait mieux que je m'occupe de ma vie. À cette heure-là, la chambre de l'albinos s'emplit de moustiques, et je commençais à avoir faim. L'étranger s'est levé, est allé jusqu'à la chaise où il avait posé sa serviette de cuir, l'a ouverte et en a tiré une grosse enveloppe. Il l'a remise à Félix, lui a dit au revoir et s'est avancé vers la porte. Il l'a ouverte lui-même. Il a salué de la tête et il est parti.

Cinq mille dollars en gros billets.

Félix Ventura a déchiré l'enveloppe d'un geste rapide, nerveux, et les billets ont jailli, comme des papillons verts, ont voltigé un moment dans l'air nocturne, puis se sont éparpillés sur le plancher, sur les livres, les chaises et les canapés. L'albinos était affolé. Il a même ouvert la porte, prêt à poursuivre l'étranger, mais dans la nuit immense, sans vie, il n'y avait personne.

– Tu as vu ça?!... (C'est à moi qu'il s'adressait.) Et maintenant, qu'est-ce que je fais?

Il a ramassé les billets un à un, les a comptés et les a rangés. Ce n'est qu'alors qu'il s'est aperçu qu'il y avait un mot dans l'enveloppe. Il l'a lu à haute voix:

– Cher monsieur, j'ai l'intention de vous remettre cinq mille dollars supplémentaires lorsque je recevrai tout le matériel. Je vous laisse quelques photos de moi, genre photo d'identité, à utiliser sur les documents. Je repasserai d'ici trois semaines.

Félix s'est couché et a essayé de lire – la biographie de Bruce Chatwin, de Nicholas Shakespeare, dans l'édition portugaise de chez Quetzal. Au bout de dix minutes il a posé le livre sur la table de chevet et s'est levé. Il a tourné dans la maison jusqu'au lever du jour en murmurant des phrases sans suites. Ses petites mains de veuve, tendres et minuscules, voletaient au hasard, autonomes, pendant qu'il parlait. Sa toison crépue, coupée court, irradiait autour de sa tête, formant une aura miraculeuse. Si quelqu'un l'avait vu de la rue, par les fenêtres, il aurait pensé qu'il assistait à un prodige.

– Non, c'est absurde ! Je ne le ferai pas.

[…]

– Pour le passeport, ce ne serait pas difficile, même pas risqué, et ce ne serait pas cher. Je peux le faire, pourquoi pas ? Il faudra que je le fasse un jour, c'est le prolongement inévitable de ce jeu.

[…]

– Attention, *meu camba*, mon ami, attention aux chemins que tu choisis. Tu n'es pas un faussaire. Ne te précipite pas, invente une excuse, rends-lui ses dollars et dis-lui que ce n'est pas possible.

[…]

– On ne crache pas sur dix mille dollars. Je passe deux ou trois mois à New York. Je vais faire les bouquinistes de Lisbonne. Je vais à Rio, aux rondes de samba, je vais dans les bals, dans les librairies d'occasion, ou à Paris acheter des disques et des livres. Il y a combien de temps que je ne vais plus à Paris ?

[…]

L'agitation de Félix Ventura a perturbé mon activité cynégétique. Je suis un chasseur nocturne. Lorsque j'ai localisé mes proies, je les poursuis, les forçant à monter jusqu'au plafond. Une fois en haut, les moustiques ne descendent plus. Je cours alors autour d'eux, en cercles de plus en plus fermés, les acculant dans un coin, et je les dévore. L'aube se levait quand l'albinos, qui s'était jeté sur l'un des canapés du salon, m'a raconté l'histoire de sa vie.

– Je pense toujours à cette maison comme à un bateau. Un vieux navire à vapeur qui fend avec peine la boue épaisse d'un fleuve. La forêt immense. La nuit tout autour.

Après avoir dit cela, Félix a baissé la voix. Il a montré d'un geste vague les livres vagues :

– Il est rempli de voix, mon bateau.

J'entendais la nuit glisser au-dehors. Des jappements. Des serres griffant les vitres. En regardant par les fenêtres il ne m'était pas difficile de deviner le fleuve, les étoiles tournoyant sur son dos, des oiseaux farouches s'échappant entre les branchages.

Le mulâtre Fausto Bendito Ventura, marchand de livres anciens, fils et petit-fils de marchand de livres anciens, avait trouvé un dimanche matin une caisse devant sa porte. À l'intérieur, couché sur plusieurs exemplaires de *La Relique* d'Eça de Queiros, se trouvait une petite créature toute nue, très maigre et délavée, aux cheveux de mousse incandescente et au sourire pur et radieux. Veuf, sans enfants, le marchand de livres avait recueilli l'enfant, l'avait nourri et élevé, persuadé qu'un dessein supérieur avait tramé cette improbable intrigue. Il avait gardé la caisse, ainsi que les livres qui se trouvaient à l'intérieur. L'albinos m'a raconté cela avec fierté :

– Eça a été mon premier berceau.

Fausto Bendito Ventura s'était fait marchand de livres pour s'amuser. Il s'enorgueillissait de ne jamais avoir travaillé de sa vie. Il sortait le matin tôt se promener dans le centre-ville, *malembe-malembe,* plan-plan, très droit dans son costume de lin, en chapeau de paille, nœud papillon, la canne à la main, saluant amis et connaissances en touchant légèrement de l'index le bord de son chapeau. Si par hasard il croisait une dame de son âge, il lui dédiait la lumière d'un galant sourire. Il soufflait : *Bonjour, poésie.* Il adressait des compliments piquants aux serveuses des cafés. On raconte (c'est Félix qui me l'a apporté) qu'un jour un envieux l'avait provoqué :

– Finalement, monsieur, que faites-vous les jours ouvrés ? La réplique de Fausto Bendito, *tous mes jours sont désœuvrés, cher monsieur, je les promène*, déclenche encore aujourd'hui des applaudissements et des éclats de rire dans le cercle raréfié d'anciens fonctionnaires coloniaux qui, lors des après-midi exténués de la glorieuse Brasserie Biker, persistent à éluder la mort, en jouant aux cartes et en se racontant des anecdotes. Fausto déjeunait chez lui, faisait la sieste, puis s'asseyait sur la terrasse pour jouir de la brise fraîche du soir. À cette époque-là, avant l'Indépendance, il n'y avait pas encore le haut mur qui sépare le jardin du trottoir, et le portail était toujours ouvert. Il suffisait aux clients de gravir une volée de marches pour avoir libre accès aux livres, en piles innombrables, disposés au hasard sur le solide plancher de la mansarde.

Je partage avec Félix Ventura un amour (sans espoir, en ce qui me concerne) pour les mots anciens. Ceux qui ont élevé Félix Ventura dans ce sentiment ont été d'abord son père, Fausto Bendito, et ensuite un vieux professeur de ses premières années de lycée, un individu au tempérament mélancolique, grand et tellement mince qu'on aurait dit qu'il marchait toujours de profil, comme une gravure égyptienne. Gaspar, c'était son nom, s'émouvait que certains vocables soient délaissés. Il les découvrait abandonnés à leur sort, en un lieu désert de la langue, et s'efforçait de les sauver. Il les employait avec ostentation et persistance, ce qui en consternait certains et en déconcertait d'autres. Je crois qu'il a gagné. Ses élèves ont commencé à employer ces mots, d'abord pour se moquer, et ensuite comme un argot privé, un tatouage tribal qui les distinguait des autres jeunes de leur âge. Aujourd'hui, m'a assuré Félix, ils sont encore capables de se reconnaître entre eux, même lorsqu'ils ne se sont jamais vus, aux premiers mots qu'ils prononcent.

– Je tremble encore quand j'entends quelqu'un dire *édredon*, un affreux mot d'importation, au lieu de *courtepointe*, qui me semble à moi, et je suis sûr que vous en serez d'accord, un mot très beau et très noble. Mais je me suis déjà habitué à *soutien-gorge*. *Strophium* possède une autre dignité historique. Il sonne, toutefois, de façon un peu étrange, vous ne trouvez pas ?

RÊVE N° 1

Je traverse les rues d'une ville inconnue en me faufilant au milieu de la foule. Je croise des gens de toutes races, de toutes croyances et de tous sexes (très longtemps j'ai cru qu'il n'en existait que deux). Des hommes en noir, aux lunettes noires, portant des serviettes de cuir. Des moines bouddhistes, qui rient très fort, gais comme des oranges. Des femmes diaphanes. De grosses matrones avec des chariots de courses. De maigres adolescentes, en patins à roulettes, oiseaux vifs slalomant à travers la foule. Des écoliers en uniforme, en file indienne, celui qui est derrière tenant la main de celui qui le précède, devant une institutrice, une autre derrière. Des Arabes en djellaba et calot. Des chauves qui promènent en laisse des chiens tueurs. Des policiers. Des voleurs. Des intellectuels absorbés. Des ouvriers en bleu de travail. Personne ne me voit. Pas même les Japonais, en groupes, caméra au poing, leurs yeux bridés attentifs à tout. Je m'arrête devant les gens, je leur parle, je les secoue, mais ils ne s'aperçoivent pas de ma présence. Ils ne me parlent pas. Il y a trois jours que je fais ce rêve. Dans mon autre vie, lorsque j'avais encore forme humaine, cela m'arrivait assez fréquemment. Je me rappelle m'être réveillé la bouche amère et le cœur plein d'angoisse. Je pense qu'à cette époque-là, c'était une prémonition. À présent, c'est peut-être une confirmation. De toute façon cela ne m'affecte plus.

ALBA

Au réveil elle s'appelait Alba, Aurora ou Lúcia ; le soir Dagmar ; la nuit Estela. Elle était grande, très blanche, non de ce ton opaque et laiteux, si commun chez les femmes du nord de l'Europe, mais d'une légère blancheur de marbre, translucide, sous laquelle on pouvait suivre le courant impétueux du sang. Je la craignais déjà avant de la voir. En la voyant j'ai perdu la voix. Je lui ai tendu en tremblant l'enveloppe pliée en deux au dos de laquelle mon père avait écrit *Pour Mme Dagmar*, dans cette calligraphie de luxe qui faisait ressembler la moindre annotation, aussi simple qu'elle soit, y compris une recette de soupe, à l'ordre d'un calife. Elle l'a ouverte et en a retiré, du bout des doigts, une petite carte, et en y posant les yeux elle n'a pu retenir son rire :

– Vous êtes vierge ?!

Je me suis senti défaillir. Oui, je venais d'avoir dix-huit ans et je n'avais jamais connu de femme. Dagmar m'a conduit par la main à travers un labyrinthe de couloirs et lorsque j'ai repris mes esprits, j'étais, nous étions tous les deux, dans une chambre immense, assombrie par d'austères miroirs. Alors elle a levé les bras tout en continuant de sourire et sa robe a glissé à ses pieds dans un murmure :

– La chasteté est une souffrance inutile, mon garçon, je vais y remédier avec plaisir.

Je l'ai imaginée avec mon père dans la pénombre ardente de cette même chambre. En un éclair, une révélation, je l'ai vue, multipliée dans les miroirs, sortir de sa robe et libérer ses seins. J'ai vu ses hanches larges, j'ai senti sa chaleur, et j'ai vu mon père, j'ai vu les mains puissantes de mon père. J'ai entendu son rire d'homme mûr éclater contre sa peau à elle, et le mot grossier. J'ai vécu cet instant précis des milliers, des millions de fois, avec terreur et dégoût. Je l'ai vécu jusqu'au dernier jour de ma vie.

Il me vient parfois à l'esprit un vers mélancolique dont je ne me souviens plus l'auteur. Je l'ai probablement rêvé. C'est peut-être le refrain d'un fado, d'un tango, d'une samba ancienne que j'ai entendue enfant :

– Le pire des péchés, c'est de ne pas aimer.

Il y a eu beaucoup de femmes dans ma vie mais je crains de n'en avoir aimé aucune. Pas avec passion. Pas, sans doute, comme la nature l'exige. J'y pense avec horreur. Ma condition actuelle est peut-être – ce doute me tourmente – un châtiment ironique. Ou c'est ça, ou il s'est agi d'une simple distraction.

LA NAISSANCE DE JOSÉ BUCHMANN

Cette fois l'étranger s'est annoncé avant de venir, il a téléphoné et Félix Ventura a eu le temps de se préparer. À sept heures et demie il était habillé, comme si on l'attendait à un mariage et qu'il était le marié, ou le père du marié, d'un costume clair, en lin écru, sur lequel brillait, comme un point d'exclamation, un nœud papillon de soie pourpre. Il avait hérité le costume de son père.

– Vous attendez quelqu'un ?

Il l'attendait lui. La Vieille Espérance avait laissé au four, pour qu'elle ne refroidisse pas, une soupe de poissons. Elle avait acheté le matin un beau pagre, directement aux pêcheurs de l'Île, et cinq tranches de bagre fumé au marché de Saint-Paul. Une cousine lui avait apporté de Gabela des gousses parfumées de piment *jindungo*, *du feu à l'état solide*, m'avait expliqué l'albinos, et du manioc, des patates douces, des épinards et des tomates. Dès que Félix a posé le plat sur la table, un parfum fort, chaleureux comme une accolade, s'est répandu dans la pièce, et pour la première fois depuis longtemps j'ai regretté ma condition actuelle. J'aurais aimé pouvoir m'asseoir à table moi aussi. L'étranger mangeait avec un appétit radieux, comme s'il savourait non pas la chair ferme du pagre mais sa vie entière, passée à glisser pendant des années parmi l'éclatement subit des bancs, le tourbillon des eaux, les épais rayons de lumière qui, par les après-midi ensoleillés, tombent à la verticale sur l'abîme azuré.

– C'est un exercice intéressant, a-t-il dit, de tenter de voir les faits par les yeux de la victime. Par exemple, le poisson que nous mangeons… un pagre généreux, n'est-ce pas ?… avez-vous déjà essayé de voir notre repas de son point de vue à lui ?

Félix Ventura a regardé le pagre avec unc attention à laquelle le pauvre poisson n'avait pas eu droit jusque-là ; puis, horrifié, il a repoussé son assiette. L'autre a continué tout seul :

– Vous pensez que la vie réclame de nous de la compassion ? Je ne le crois pas. Ce que la vie nous demande, c'est de la célébrer. Revenons au pagre. Si vous étiez lui, vous préféreriez que je vous mange tristement ou joyeusement ?

L'albinos est resté muet. Il sait qu'il est un pagre (nous sommes tous des pagres), mais il préfère, je crois, qu'on ne le mange jamais. L'étranger a poursuivi :

– Une fois, on m'a emmené à une fête. C'était un vieillard qui fêtait son centième anniversaire. J'ai voulu savoir comment il se sentait. Le pauvre homme m'a souri, étonné, et m'a dit, *je ne sais pas trop, tout s'est passé trop vite.* Il parlait de ses cent ans de vie et c'était comme s'il parlait d'un désastre, de quelque chose qui se serait abattu sur lui quelques minutes plus tôt. Quelquefois j'éprouve la même chose. Je souffre dans mon âme d'un excès de passé et de vide. Je me sens comme ce vieillard.

Il a levé son verre :

– Et pourtant je suis vivant. J'ai survécu. J'ai commencé à comprendre cela, aussi étrange que ça puisse paraître, en débarquant à Luanda. À la Vie, donc ! À l'Angola qui m'a ramené à la Vie. C'est à elle que je dédie ce vin, qui commémore et unit.

Quel âge peut-il avoir ? Peut-être soixante ans, et dans ce cas il a parfaitement pris soin de son corps toute sa vie, ou quarante, quarante-cinq ans, et alors il a dû traverser des années de profond désespoir. En le voyant assis là, je l'ai trouvé solide comme un rhinocéros. Ses yeux, eux, paraissent beaucoup plus vieux, chargés de fatigue et de scepticisme, même si, à certains moments – comme lorsque, tout à l'heure, il a levé son verre et porté un toast à la Vie – une lumière d'aurore les illumine.

– Quel âge avez-vous ?

– Permettez que ce soit moi qui pose les questions. Vous avez pu obtenir ce que je vous ai demandé ?

Félix a levé les yeux. Il avait réussi. Il avait là une carte d'identité, un passeport, un permis de conduire, tout cela au nom de José Buchmann, né à Chibia, 52 ans, photographe professionnel.

La ville de São Pedro de Chibia, dans la province de Huíla, dans le sud du pays, a été fondée en 1884 par des colons venus de Madère, mais une demi-douzaine de familles boers y prospérait déjà à ce moment-là, élevant du bétail, cultivant la terre et louant Dieu de les avoir fait naître blancs dans un pays de Nègres – c'est Félix Ventura qui l'a dit, bien sûr, je ne fais que citer. Le chef du clan était le commandant Jacobus Botha. Son lieutenant était un géant roux et sombre, Cornélio Buchmann, qui avait épousé en 1898 une jeune fille originaire de Madère, Marta Medeiros, dont il avait eu deux fils. L'aîné, Pieter, était mort en bas âge. Le cadet, Mateus, avait été un fameux chasseur, qui avait servi de guide pendant de longues années à des groupes de Sud-Africains et d'Anglais qui venaient en Angola en quête d'émotions fortes. Il s'était marié sur le tard, à cinquante ans passés, avec une artiste peintre américaine, Eva Miller, et en avait eu un fils unique : José Buchmann.

Après le dîner, Félix ayant bu son infusion de menthe – José Buchmann avait préféré un café –, l'albinos est allé chercher une chemise cartonnée et l'a ouverte sur la table. Il a montré le passeport, la carte d'identité, le permis de conduire. Il y avait aussi plusieurs photographies. Sur l'une d'elles, dans des tons sépia, assez abîmée, on voyait un homme immense, à l'air absorbé, monté sur un bœuf de selle :

– Voici, a présenté l'albinos, Cornélio Buchmann, votre grand-père.

Sur une autre, un couple était enlacé, près d'une rivière, devant un horizon vaste et sans aspérités. L'homme avait les yeux baissés. La femme, en robe à fleurs, souriait à l'objectif. José Buchmann a saisi la photographie et s'est levé pour se placer sous la lumière directe de la lampe. Sa voix a tremblé un peu :

– Ce sont mes parents ?

L'albinos a acquiescé. Mateus Buchmann et Eva Miller, par un après-midi ensoleillé, devant le fleuve Chimpumpunhime. C'était sans doute lui-même, José, alors âgé de onze ans, qui avait immortalisé cet instant. Félix lui a montré un ancien numéro de *Vogue* qui contenait un reportage sur la chasse au gros gibier en Afrique australe. L'article s'accompagnait de la reproduction d'une aquarelle représentant une scène de la vie sauvage – des éléphants qui se baignaient dans un lac – signée Eva Miller.

Quelques mois après ce cliché, le fleuve qui coulait sereinement vers son destin, l'herbe haute au milieu de l'après-midi solennel, Eva était partie pour Le Cap, pour un séjour qui devait durer un mois, et n'était jamais revenue. Mateus Buchmann avait écrit à des amis communs en Afrique du Sud, demandant des nouvelles de sa femme, et comme il n'obtenait rien, il avait confié son fils à un employé, un vieux guide aveugle, et il était parti la chercher.

– Et alors, il l'a trouvée ?

Félix a haussé les épaules. Il a ramassé les photographies, les documents, la revue, et a tout rangé dans la chemise cartonnée. Il l'a fermée, attachée avec un large ruban rouge, comme si c'était un cadeau, et l'a remise à José Buchmann.

– Inutile de vous avertir, a-t-il dit, ne mettez jamais les pieds à Chibia.

Il y a bientôt quinze ans que mon âme est prisonnière de ce corps et je ne m'y suis pas encore habitué. J'ai vécu près d'un siècle dans la peau d'un homme et je ne me suis jamais senti non plus entièrement humain. J'ai connu jusqu'à présent une trentaine de lézards, de cinq ou six espèces différentes, je ne sais pas bien, la biologie ne m'a jamais intéressé. Vingt cultivaient du riz ou érigeaient des constructions, dans la vaste Chine, en Inde ou au Pakistan, ces bruyantes contrées, avant de s'éveiller de ce premier cauchemar pour se retrouver dans celui-ci, pour eux, ou pour elles, peu importe, un peu moins atroce, je crois. Sept faisaient la même chose, ou presque, en Afrique, un était dentiste à Boston, un vendait des fleurs à Belo Horizonte, au Brésil, et le dernier se souvenait d'avoir été cardinal. Il avait la nostalgie du Vatican. Aucun d'eux n'avait lu Shakespeare. Le cardinal aimait Gabriel García Márquez. Le dentiste m'a dit avoir lu Paulo Coelho. Moi, je n'ai jamais lu Paulo Coelho. J'échange avec plaisir la compagnie des geckos et des lézards pour les longs soliloques de Félix Ventura. Hier, il m'a confié qu'il avait rencontré une femme extraordinaire. Le terme de femme, a-t-il ajouté, ne lui paraissait pas exact :

– Angela Lúcia est aux femmes ce que l'humanité est aux simiens.

Phrase atroce. Ce nom, pourtant, a éveillé l'écho d'un autre en moi, Alba, et je suis devenu subitement attentif et grave. Le souvenir de la jeune femme l'a rendu loquace. Il parlait d'elle comme s'il tentait de donner de la substance à un miracle.

– Elle est comme ça… Il a fait une pause, les mains ouvertes, les yeux plissés dans un effort de concentration, prenant son temps pour trouver ses mots : de la lumière pure !

Cela ne m'a pas paru impossible. *Lúcia, Lumière.* Un nom peut être une condamnation. Il en est qui entraînent leur porteur, comme les eaux boueuses d'un fleuve après les grandes pluies, et, si forte que soit sa résistance, lui imposent un destin. D'autres, au contraire, sont comme des masques : trompeurs. La plupart, évidemment, n'ont aucun pouvoir. Je me rappelle sans plaisir, sans douleur non plus, mon nom d'homme. Il ne me manque pas. Ce n'était pas moi.

José Buchmann est devenu un habitué de cet étrange bateau. Encore une voix à joindre aux autres. Il veut que l'albinos approfondisse son passé. Il ne lésine pas sur les questions :

– Qu'est-il arrivé à ma mère ?

Mon ami (je pense que je peux déjà l'appeler ainsi) est un peu ennuyé de cette insistance. Il a joué son rôle et ne se croit pas obligé d'en faire plus. Parfois, pourtant, il condescend à répondre. Eva Miller, a-t-il dit, n'est pas revenue en Angola. Un ancien client de son père, originaire d'une famille du Sud, comme les Buchmann, le vieux Bezerra, l'a rencontrée un soir, par hasard, dans une rue de New York. C'était une dame frêle, déjà d'un certain âge, qui se déplaçait au milieu de la foule avec une lenteur affolée, "comme un oiseau à l'aile cassée", lui avait dit Bezerra. Elle lui est tombée dans les bras à un coin de rue, elle lui est littéralement tombée dans les bras, et lui, de peur, a laissé échapper une grossièreté en nhanheca-humbe. La femme a protesté avec un large sourire :

– On ne dit pas ça à une dame !

Ce n'est qu'alors qu'il l'a reconnue. Ils se sont assis dans un café d'immigrés cubains et ils ont parlé jusqu'à ce que la nuit tombe. Félix a prononcé ces mots et fait une pause :

– Jusqu'à ce que la nuit descende, a-t-il corrigé. À New York la nuit baisse, elle ne tombe pas ; ici, oui, elle plonge du ciel.

Mon ami se préoccupe beaucoup de l'exactitude. Elle plonge du ciel, la nuit, a-t-il ajouté, comme un oiseau de proie. Ce genre de digressions désoriente José Buchmann. Il veut savoir la suite :

– Et après ?

Eva Miller travaillait comme décoratrice d'intérieur. Elle vivait à Manhattan, toute seule, dans un petit appartement qui donnait sur Central Park. Les murs du minuscule salon, les murs de l'unique chambre, les murs de l'étroit couloir étaient recouverts de miroirs. José Buchmann l'a interrompu :

– Des miroirs ?!...

Oui, a poursuivi mon ami, mais, à en croire le vieux Bezerra, il ne s'agissait pas de miroirs ordinaires. Il a souri. J'ai compris qu'il était déjà entraîné par la force de sa propre fable. C'étaient des artifices de fête populaire, des cristaux pervers, conçus dans le but cruel de capturer pour la distordre l'image de tous ceux qui passaient devant eux. À certains, on avait donné le pouvoir de transformer la plus élégante des créatures en un nain obèse ; à d'autres, celui de les étirer. Il y avait des miroirs capables d'éclairer une âme opaque. D'autres qui reflétaient non pas le visage de celui qui leur faisait face, mais la nuque, le dos. Il y avait des miroirs glorieux et des miroirs infâmes. Ainsi, chaque fois qu'Eva Miller pénétrait dans son appartement, elle ne se sentait pas seule. Une foule entrait avec elle.

– Vous avez les coordonnées de ce M. Bezerra ?

Félix Ventura l'a regardé, surpris. Il a haussé les épaules, comme pour dire, si c'est là que tu veux que j'aille, très bien, j'y vais, et a raconté que le pauvre vieux était mort quelques mois plus tôt à Lisbonne.

– Un cancer, a-t-il dit. Un cancer du poumon. Il fumait beaucoup.

Ils sont restés silencieux, tous les deux, à méditer sur la mort de Bezerra. La nuit était tiède et humide. Une douce brise soufflait par la fenêtre. Elle arrivait chargée de moustiques ténus, sans forces, qui voletaient au hasard, rendus fous par la lumière. J'ai eu faim. Mon ami a regardé l'autre et a ri de bon cœur :

– Je devrais vous faire payer des heures supplémentaires, *popílas* ! Vous me prenez pour Schéhérazade ?

RÊVE N° 2

Il y avait un garçon qui m'attendait, accroupi, contre le mur. Il a ouvert les mains et j'ai vu qu'elles étaient emplies d'une lueur verte, furtive, une matière enchantée qui s'est rapidement dispersée dans l'obscurité. "Des lucioles", a-t-il murmuré. Un fleuve glissait derrière le mur, opaque, puissant, haletant de fatigue comme un chien de troupeau. Après lui commençait la forêt. Le mur, bas, en pierre brute, laissait voir l'eau noire, les étoiles qui couraient sur son dos, le feuillage dense au fond – comme un puits. Le garçon s'est hissé en haut des pierres, sans effort, est resté un moment immobile, la tête noyée dans la nuit, puis a sauté de l'autre côté. Dans le rêve j'étais un homme encore jeune, grand, enclin à l'embonpoint. J'ai eu un peu de mal à gravir le mur. Puis j'ai sauté. Je me suis agenouillé dans la boue et le fleuve est venu me lécher les mains.

– Qu'est-ce que c'est?

Le garçon n'a pas répondu. Il me tournait le dos. Sa peau était encore plus noire que la nuit, lisse et lustrée, et sur elle aussi, comme sur le fleuve, tourbillonnait un carrousel d'étoiles. Je l'ai vu s'avancer vers le métal des eaux et disparaître. Il a ressurgi, quelques instants plus tard, sur l'autre berge. Le fleuve, couché au pied de la forêt, s'était enfin endormi. Je suis resté assis là, très longtemps, certain que si je faisais un effort, si je restais entièrement immobile, éveillé, si la lueur des étoiles, qui sait! d'une certaine manière allait jusqu'à mon âme, je parviendrais à entendre la voix de Dieu.

Et alors je me suis mis à l'entendre pour de bon, une voix éraillée qui sifflait comme une bouilloire sur le feu. Je m'efforçais de comprendre ce qu'elle disait lorsque j'ai vu émerger de l'ombre, juste devant moi, un chien de chasse famélique qui portait un petit transistor, de poche, attaché au cou. L'appareil était mal réglé. Une voix d'homme, profonde, souterraine, luttait avec peine contre le tumulte électrique : "Le pire des péchés, c'est de ne pas aimer", a dit Dieu, de la voix douce d'un chanteur de tango. "Cette émission est parrainée par les Boulangeries Union Marimba."

Puis le chien s'est éloigné, en boitillant, et tout est retourné au silence. J'ai sauté le mur et je suis parti, vers les lumières de la ville. Avant d'arriver à la route, j'ai vu le garçon, contre le mur, les bras autour du cou du chien. Ils me regardaient, tous les deux, comme s'ils ne formaient qu'un seul être. Je leur ai tourné le dos et j'ai continué à sentir (comme si quelque chose d'obscur me frappait par derrière) le regard de défi du chien et du gamin. Je me suis réveillé en sursaut. J'étais dans une fente humide. Des fourmis paissaient entre mes doigts. Je suis allé à la recherche de la nuit. Mes rêves sont, presque toujours, plus vraisemblables que la réalité.

UNE BOÎTE À SPLENDEUR

J'avais imaginé, à partir de la flamboyante mais succincte description de mon ami, une sorte d'ange illuminé. Je m'étais figuré un lustre. Je crois que Félix a exagéré un peu. Dans une fête, perdue au milieu du brouhaha et de la fumée, il ne l'aurait pas remarquée. Angela Lúcia est une femme jeune, à la peau brune et aux traits délicats, avec de fines tresses noires qui tombent librement sur ses épaules. Commune. Et pourtant, oui, je suis obligé de le reconnaître, sa peau scintille parfois, surtout lorsqu'elle est émue ou exaltée, de reflets cuivrés, et dans ces moments-là elle change, elle devient réellement belle. Ce qui m'a le plus impressionné, cependant, c'est sa voix, rauque et pourtant humide, sensuelle. Félix est arrivé à la maison cet après-midi en l'amenant devant lui, comme un trophée. Angela Lúcia a observé attentivement les livres et les disques. Elle a beaucoup ri du maintien austère de Frederick Douglass.

– Et ce *muadié*, ce type, qu'est-ce qu'il fait ici ?

– C'est un de mes arrière-grands-pères, lui a répondu l'albinos. Mon bisaïeul Frederico, le père de mon grand-père paternel.

L'homme s'était enrichi au XIXe siècle en faisant le commerce d'esclaves avec le Brésil. Après la fin du trafic, il avait acheté une propriété à Rio de Janeiro et avait vécu là de longues années heureuses. Il était rentré en Angola, déjà très âgé, en ramenant avec lui deux filles, de vraies jumelles, encore adolescentes. Les mauvaises langues n'avaient pas tardé à émettre des doutes sur cette improbable paternité. Le vieux les avait démentis, allégrement, en mettant enceinte une domestique ; il l'avait fait cette fois avec un tel talent que celle-ci avait accouché d'un garçon dont les yeux étaient en tout point semblables à ceux de son géniteur. Cela faisait même peur à voir. Le portrait exposé là était l'œuvre d'un peintre français. Angela Lúcia a demandé si elle pouvait photographier le portrait. Ensuite, elle a demandé la permission de le photographier, lui, mon ami, assis sur le grand fauteuil de rotin que l'aïeul esclavocrate avait rapporté du Brésil. La dernière lumière de l'après-midi mourait doucement sur le mur derrière lui.

– Une lumière pareille, le croirez-vous ? Je ne l'ai trouvée qu'ici.

Elle a dit qu'elle était capable de reconnaître certains endroits du monde simplement à leur lumière. À Lisbonne, la lumière, à la fin du printemps, se penche, hallucinée, sur les maisons, elle est blanche et humide, un peu salée. À Rio de Janeiro, en cette saison que les Cariocas appellent intuitivement automne et dont les Européens affirment avec dédain qu'elle est purement imaginaire, la lumière se fait plus douce, comme un chatoiement de soie, accompagnée quelquefois d'une cendre humide qui recouvre les rues et descend ensuite lentement, tristement, sur les places et les jardins. Dans les champs inondés du *Pantanal* du Mato Grosso, le matin très tôt, les aras bleus traversent le ciel en secouant de leurs ailes une radieuse lumière alanguie, qui se pose peu à peu sur les eaux, augmente et se propage, semble chanter. Dans la forêt de Taman Negara, en Malaisie, la lumière est une matière fluide, qui colle à la peau et a un goût et une odeur. À Goa, elle est bruyante et râpeuse. À Berlin le soleil rit sans cesse, du moins dès qu'il parvient à percer les nuages, comme sur ces autocollants écologistes contre l'énergie nucléaire. Même sous les cieux les plus improbables, Angela Lúcia avait découvert des luminosités qui méritaient d'être sauvées de l'oubli ; avant d'avoir visité les pays scandinaves elle pensait que là-bas, pendant les mois éternels de l'hiver, la lumière était pure conjecture. Mais non, les nuages s'embrasaient parfois de larges clartés d'espoir. Après avoir dit cela, elle s'est levée. Elle a pris un air dramatique :

– Et en Égypte ? Au Caire, vous êtes déjà allé au Caire ? À côté des pyramides de Ghizé ? Elle a levé les mains et déclamé : la lumière tombe, magnifique, si forte, si vive, qu'elle semble se poser sur les choses comme une sorte de brouillard lumineux.

– Ça, c'est Eça ! L'albinos a souri : je le reconnais à ses adjectifs, de même que je serais capable de reconnaître Nelson Mandela rien qu'à ses chemises. Ce sont, je suppose, les notes qu'il a écrites lors de son voyage en Égypte.

Angela Lúcia a émis un sifflement joyeux, impressionnée ; elle a applaudi. Alors, c'était vrai ce qu'on disait de lui, qu'il avait lu les classiques portugais d'un bout à l'autre, Eça tout entier, l'intarissable Camilo ? L'albinos a toussé, rougi. Il a détourné la conversation. Il lui a dit qu'il avait un ami, photographe comme elle, et qui, également comme elle, avait vécu longtemps à l'étranger et était rentré depuis peu au pays. Un photographe de guerre. N'aimerait-elle pas faire sa connaissance ?

– Un photographe de guerre ? Angela l'a regardé, horrifiée. Quel rapport avec moi ? Je ne sais même pas si je suis photographe. Je collectionne la lumière.

Elle a sorti une boîte en plastique de son sac à main et l'a montrée à l'albinos :

– C'est ma boîte à splendeurs, a-t-elle dit. Des diapositives.

Elle porte toujours avec elle quelques exemplaires de ces multiples formes de splendeur, recueillies dans les savanes d'Afrique, dans les vieilles cités d'Europe ou dans les cordillères et les forêts d'Amérique latine. Des lumières, des clartés, d'infimes lueurs, enfermées dans une petite boîte en plastique, avcc lesquelles elle alimente son âme les jours d'obscurité. Elle a demandé s'il y avait un projecteur dans la maison. Mon ami lui a dit que oui et il est allé chercher l'appareil. Quelques minutes plus tard nous étions à Cachoeira, une petite ville du Recôncavo de Bahia :

– Cachoeira ! J'y suis arrivée dans un vieil omnibus. J'ai marché un peu, ma sacoche à l'épaule, à la recherche d'une auberge, et je suis tombée sur cette petite place déserte. Le soir tombait. Un orage tropical se formait au levant. Le soleil courait au ras du sol, couleur de cuivre, jusqu'à se trouver nez à nez avec cette immense paroi de nuages noirs, derrière les vieilles demeures coloniales. C'est un décor dramatique, n'est-ce pas ? (Elle a soupiré. Sa peau irradiait de lumière, ses beaux yeux étaient pleins de larmes.) Et alors j'ai vu la face de Dieu !

LA PHILOSOPHIE D'UN GECKO

J'étudie depuis des semaines José Buchmann. J'observe les changements qui se produisent en lui. Ce n'est plus l'homme qui est entré dans cette maison il y a six ou sept mois. Quelque chose, qui relève de la nature puissante des métamorphoses, opère dans son for intérieur. C'est peut-être, comme dans les chrysalides, la secrète précipitation des enzymes dissolvant les organes. On peut objecter que nous sommes tous en constante mutation. Certes, moi non plus je ne suis plus le même qu'hier. La seule chose qui ne change pas en moi, c'est mon passé : le souvenir de mon passé humain. Le passé est généralement stable, il est toujours là, beau ou terrible, et il sera toujours là.

(C'est ce que je croyais avant de connaître Félix Ventura.)

Lorsque nous atteignons la vieillesse, il ne nous reste plus que la certitude de devenir bientôt encore plus vieux. Dire de quelqu'un qu'il *est* jeune ne me paraît pas une manière correcte de s'exprimer. Quelqu'un est jeune momentanément, ça oui, de la même façon qu'un verre reste intact un instant avant de se briser sur le sol. Mais pardonnez-moi cette digression; voilà ce que ça donne quand un gecko se met à philosopher. Revenons, donc, à José Buchmann. Je ne suis pas en train de suggérer que dans quelques jours sortira de lui, en secouant de grandes ailes multicolores, un immense papillon. Je parle d'altérations plus subtiles. En premier lieu, il est en train de changer d'accent. Il a perdu, il est en train de perdre cette intonation mi-slave mi-brésilienne, à la fois douce et sifflante, qui m'a tellement déconcerté au début. Il emploie maintenant un rythme luandais, assorti aux chemises de soie imprimée et aux chaussures de sport qu'il s'est mis à porter. Je le trouve aussi plus expansif. Lorsqu'il rit, il est déjà angolais. Par-dessus le marché, il a rasé sa moustache. Il a rajeuni. Il est arrivé à la maison ce soir, après une absence de près d'une semaine, et dès que l'albinos a ouvert la porte il a lancé :

– Je suis allé à Chibia !

Il était fébrile. Il s'est assis sur le majestueux trône de rotin que l'arrière-grand-père de Félix a ramené du Brésil. Il a croisé les jambes, les a décroisées. Il a demandé un whisky. Mon ami le lui a servi, contrarié. Grand Dieu, qu'est-ce qu'il était allé faire à Chibia ?

– Je suis allé sur la tombe de mon père.

– Quoi ? (L'autre s'est étranglé.) Quel père, le fictif Mateus Buchmann ?

– Mon père ! Mateus Buchmann est peut-être une de vos fictions, d'ailleurs ourdie avec beaucoup de classe. Mais sa tombe, elle, je vous jure ! elle est bien réelle.

Il a ouvert une enveloppe et en a tiré une douzaine de photographies, en couleur, qu'il a étalées sur le plateau de verre de la table basse en acajou. Sur la première, on voyait un cimetière ; sur la seconde, on pouvait lire l'inscription sur la pierre de l'une des tombes : "Mateus Buchmann. 1905-1978."

Les autres étaient des vues de la ville :

a) Des maisons basses.
b) Des rues droites, grandes ouvertes sur un paysage verdoyant.
c) Des rues droites, grandes ouvertes sur l'immense paix d'un ciel sans nuages.

d) Des poules qui grattent au milieu de la poussière rouge.
e) Un vieillard (mulâtre), assis à une triste table de bar, le regard posé sur une bouteille vide.
f) Des fleurs fanées dans un vase.
g) Une énorme cage à oiseaux vide.
h) Une paire de bottes, très usées, attendant sur le seuil d'une porte.

Il y avait sur tous les clichés quelque chose de crépusculaire. C'était la fin, ou presque la fin, sauf que l'on ne comprenait pas de quoi.

– J'ai insisté auprès de vous, je vous ai prié, je vous ai averti de ne jamais mettre les pieds à Chibia !

– Je sais bien. C'est pour ça que j'y suis allé…

Mon ami a hoché la tête. Je n'ai pas réussi à savoir s'il était furieux ou amusé, ou les deux en même temps. Il a examiné longuement la photo de la tombe. Il a souri, désarmé :

– Bon travail. Et sachez que je vous parle en professionnel. Je vous félicite !

ILLUSIONS

J'ai vu ce matin, dans le verger, deux gamins qui imitaient les tourterelles. L'un était à califourchon sur une planche, sur le mur, une jambe dans la rue, l'autre dans le verger. Le second était grimpé dans l'avocatier. Il cueillait les avocats, les lançait au premier, qui les attrapait au vol, avec une adresse de jongleur, et les mettait dans un sac. Alors, tout à coup, celui qui était dans l'arbre, à demi caché dans le feuillage (je ne voyais que ses épaules et son visage) a mis ses mains en conque et a roucoulé. L'autre a ri, l'a imité, et c'était comme si les oiseaux étaient là, l'un sur le mur, l'autre sur l'une des plus hautes branches de l'avocatier, exorcisant par la vigueur de leur chant les dernières ombres de la nuit. Cet épisode m'a rappelé José Buchmann. Je l'ai vu arriver ici avec une moustache extraordinaire de gentilhomme du XIXe siècle et un costume sombre, démodé, comme s'il n'était pas de notre monde. Je le vois à présent, un jour sur deux, passer la porte en chemise de soie, aux motifs colorés, avec le large rire et la joyeuse insolence des natifs du pays. Si je n'avais pas vu les deux enfants, si je n'avais fait que les entendre, j'aurais cru qu'il y avait des tourterelles dans l'aube mouillée. En regardant vers le passé, en le contemplant d'ici comme je contemplerais une grande toile posée devant moi, je vois que José Buchmann n'est pas José Buchmann, mais un étranger en train d'imiter José Buchmann. Pourtant, si je ferme les yeux sur le passé, si je le vois maintenant, comme si je ne l'avais jamais vu, il est impossible de ne pas y croire : cet homme a été José Buchmann toute sa vie.

LA PREMIÈRE FOIS QUE JE SUIS MORT JE NE SUIS PAS MORT

Un jour, alors que j'avais encore ma forme humaine, j'ai décidé de me tuer. Je voulais mourir complètement. J'espérais que la vie éternelle, le paradis et l'enfer, Dieu et le diable, la réincarnation, tout cela, ne soient que des superstitions inventées lentement, au cours de nombreux siècles, par la vaste terreur des hommes. J'ai acheté un revolver dans une armurerie, à deux pas de chez moi, mais où je n'étais jamais entré auparavant et dont le propriétaire ne me connaissait pas. Ensuite, j'ai acheté un roman policier et une bouteille de gin. Je suis allé dans un hôtel de la plage, j'ai bu le gin avec dégoût, à grandes goulées (l'alcool m'a toujours répugné) et je me suis allongé pour lire le roman. Je pensais que le gin, ajouté à l'ennui d'une intrigue simpliste, me donnerait le courage nécessaire pour me mettre le revolver sur la nuque et appuyer sur la gâchette. Le livre, cependant, n'était pas mauvais et je l'ai lu jusqu'à la fin. Quand je suis arrivé à la dernière page, il s'est mis à pleuvoir. C'était comme s'il pleuvait de la nuit. Je m'explique mieux : c'était comme si du ciel tombaient de gros fragments de cet océan obscur et somnolent sur lequel naviguent les étoiles. J'ai attendu de les voir tomber, et se briser ensuite, dans un grand éclat de lumière et une grande clameur, contre les vitres. Ils ne sont pas tombés. J'ai éteint la lampe. J'ai posé le revolver sur ma nuque,

et je me suis endormi.

RÊVE N° 3

J'ai rêvé que je prenais le thé avec Félix Ventura. Nous prenions le thé, nous mangions des tartines grillées et nous parlions. Cela se passait dans un vaste salon, style *art nouveau*[*], aux murs tapissés d'austères miroirs encadrés de bois de jacaranda. Une claire-voie, avec un beau vitrail représentant deux anges aux ailes déployées, laissait passer une lumière heureuse. Il y avait d'autres tables autour de nous, et des gens assis, mais ils n'avaient pas de visage, ou bien je ne voyais pas leur visage, ce qui m'importait peu, car toute leur existence se résumait à un très léger murmure. Je voyais mon image reflétée dans les miroirs – un homme grand, au visage allongé, à la chair ferme mais lasse, un peu pâle, avec une expression de mépris mal déguisé pour le restant de l'humanité. C'était moi, oui, il y a longtemps, dans la gloire douteuse de mes trente ans.

– Vous l'avez inventé, cet étrange José Buchmann, et à présent il a commencé à s'inventer lui-même. Moi j'ai l'impression que c'est une métamorphose… une réincarnation. Ou plutôt : une possession.

Mon ami m'a regardé, effrayé :

– Que voulez-vous dire ?

– José Buchmann, ne l'avez-vous pas compris ? s'est approprié le corps de l'étranger. Il devient de plus en plus véridique chaque jour qui passe. L'autre, celui qui existait

---

[*] En français dans le texte.

auparavant, cet individu nocturne qui est entré chez nous il y a huit mois, comme s'il arrivait, je ne peux même pas dire d'un autre pays, mais d'une autre époque, où est-il ?

– C'est un jeu. Je sais que c'est un jeu. Nous le savons tous.

Il s'est servi du thé. Il a choisi deux morceaux de sucre et remué le liquide. Il l'a bu les yeux baissés. Nous étions deux messieurs, deux bons amis, habillés de blanc dans un café chic. Nous buvions notre thé, nous mangions des tartines grillées et nous parlions.

– Soit, ai-je approuvé. Nous allons admettre que ce n'est qu'un jeu. Qui est donc cet individu ?

J'ai essuyé la sueur de mon visage. Je ne me suis jamais distingué par mon courage. C'est peut-être pour ça que j'ai toujours été attiré (je parle de mon autre vie) par le destin tumultueux des héros et des ruffians. J'ai collectionné des couteaux à cran d'arrêt. J'ai fait étalage, avec un orgueil dont j'ai honte aujourd'hui, des exploits d'un grand-oncle qui était général. Je me suis lié d'amitié avec quelques hommes valeureux, mais malheureusement, cela ne m'a pas aidé. Le courage n'est pas contagieux ; la peur, si. Félix a souri en comprenant que ma terreur était plus grande, et plus ancienne, que la sienne :

– Je n'en ai aucune idée. Et vous ?

Il a changé de sujet. Il a raconté qu'il avait assisté, quelques jours plus tôt, à la présentation d'un nouveau roman d'un écrivain de la diaspora. C'était un emmerdeur, un indigné professionnel, qui bâtissait toute sa carrière à l'étranger, en vendant aux lecteurs européens l'horreur de la nation. La misère a beaucoup de succès dans les pays riches. Le modérateur, un poète local, député du parti de la majorité, avait fait l'éloge du nouveau roman, en même temps qu'il fustigeait l'auteur parce qu'il trouvait que son point de vue sur l'histoire récente du pays était falsifié. Une fois le débat ouvert, tout de suite, un autre poète, lui aussi député, et plus connu pour son passé de révolutionnaire que pour son activité littéraire, a levé la main :

– Dans vos romans, vous mentez volontairement ou par ignorance ?

Il y a eu des rires. Un murmure d'approbation. L'écrivain a hésité trois secondes. Puis il a contre-attaqué :

– Je suis menteur par vocation, a-t-il hurlé. Je me régale à mentir. La littérature est le seul moyen que possède un véritable menteur pour se faire accepter socialement.

Il a ensuite ajouté, plus sobrement, en baissant la voix, que la grande différence entre les dictatures et les démocraties, c'était que dans le premier système il n'y a qu'une vérité, la vérité imposée par le pouvoir, alors que dans les pays libres chacun a le droit de défendre sa propre version des événements. La vérité, a-t-il dit, est une superstition. Lui, Félix, cette idée l'a impressionné.

– Je pense que ce que je fais est une forme avancée de littérature, m'a-t-il confié. Moi aussi je crée des intrigues, j'invente des personnages, mais au lieu de les garder prisonniers dans un livre je leur donne vie, je les jette dans la réalité.

J'ai de la sympathie pour les passions impossibles. J'en suis, ou j'en ai été, spécialiste. Le lent siège que Félix Ventura fait d'Angela Lúcia m'émeut. Tous les matins il lui envoie des fleurs. Elle s'en est plainte, en riant, dès que mon ami lui a ouvert la porte. Oui, elles étaient merveilleuses, si belles, les roses de porcelaine, dont l'éclat exagéré et artificiel lui rappelait des travestis, ou plutôt des *drag queens*; elles étaient si belles les orchidées, bien qu'elle préférât les marguerites, d'une beauté rustique et sans vanité. Oui, elle le remerciait pour les fleurs, mais de grâce qu'il ne lui en envoie plus, parce qu'elle ne savait plus qu'en faire. L'air de sa chambre, au Grand Hôtel Univers, était lourd, étourdissant, de tous ces parfums discordants. L'albinos a soupiré ; s'il avait pu, il aurait déroulé sur son passage un tapis de pétales de roses. Il aurait aimé diriger un orchestre d'oiseaux cependant que dans le ciel se déplieraient, un à un, les arcs-en-ciel. Les déclarations d'amour, même les plus ridicules, émeuvent les femmes. Angela Lúcia s'est émue. Elle l'a embrassé sur la joue. Elle lui a ensuite montré les photographies qu'elle avait prises ces dernières semaines : des nuages.

– Ne dirait-on pas qu'ils sortent d'un rêve ?

Félix a frissonné :

– Je fais des rêves, a-t-il dit. Je fais parfois des rêves un peu étranges. Cette nuit j'ai rêvé de lui…

Et il m'a montré du doigt. Je me suis senti défaillir. Je me suis précipité, effrayé, pour me cacher dans une fente, près du plafond. Angela Lúcia a crié, dans un de ces emportements enfantins qui la caractérisent :

– Un gecko ! Quelle merveille !

– Ce n'est pas n'importe quel gecko. Il vit ici chez moi depuis de nombreuses années. Dans mon rêve il avait forme humaine, un type massif, dont le visage, d'ailleurs, ne m'est pas inconnu. Nous étions dans un café et nous parlions…

– Dieu nous a donné les rêves pour que nous puissions jeter un coup d'œil de l'autre côté, a dit Angela Lúcia. Pour que nous parlions avec nos ancêtres. Pour que nous conversions avec Lui. Éventuellement, avec des geckos.

– Tu ne crois pas ça !

– Bien sûr que si. Je crois à des choses très insolites, mon chéri. Si tu savais les choses auxquelles je crois, tu me regarderais comme si j'étais, à moi toute seule, un grand cirque de monstres. De quoi avez-vous parlé, toi et le gecko ?

Sur la terrasse, là dehors, suspendus au plafond, il y a des dizaines de carillons en poterie. Félix Ventura les a rapportés de ses voyages. La plupart sont brésiliens. Des oiseaux peints de couleurs vives. Des coquillages. Des papillons. Des poissons tropicaux. Le bandit Lampião et sa joyeuse troupe de *cangaceiros*. La brise produit, en les agitant, un clair bruissement d'eau, et cela me rappelle, chaque fois que la brise souffle – et à cette heure-ci, grâce à Dieu, elle souffle toujours –, la nature secrète de cette maison :

Un bateau (rempli de voix) remontant un fleuve.

Hier, il s'est passé quelque chose d'étrange. Félix a invité Angela Lúcia et José Buchmann pour le dîner. Je me suis caché en haut d'une des étagères, d'où je pouvais tout voir, tranquillement, avec la certitude de ne pas être vu. José Buchmann est arrivé le premier. Il est entré en riant très fort, lui et sa chemise (des palmiers imprimés, des perroquets, une mer très bleue), a traversé le salon comme un ouragan et s'est précipité dans le couloir, jusqu'à la cuisine. Il a choisi dans le bar une bouteille de whisky. Puis il a ouvert le réfrigérateur, en a sorti deux glaçons, les a mis dans un grand verre, s'est servi généreusement, et il est revenu au salon, tout ça en racontant, en criant et riant toujours, que le matin il avait failli se faire écraser. Angela Lúcia est arrivée en robe verte, en sourdine, portant à la main la dernière lumière du soir. Elle s'est arrêtée devant José Buchmann :

– Vous vous connaissiez ?

– Non, non ! a nié Angela d'une voix sans timbre. Je crois que non…

José Buchmann était encore moins sûr :

– Il y a des tas de gens que je ne connais pas ! s'est-il exclamé, et il a rit de sa propre plaisanterie. Je n'ai jamais été très populaire.

Angela Lúcia n'a pas ri. José Buchmann l'a regardée anxieusement. Sa voix a repris cette douceur sifflante des premiers jours. Il a raconté qu'il avait, quelques jours plus tôt, pris en photo un fou, un de ces innombrables malheureux qui errent sans but dans les rues de la ville, parce que la dégaine singulière de l'homme le fascinait. Ce matin-là, très tôt, il était lui, José Buchmann, étendu à plat ventre au milieu du goudron, pour obtenir un bon cliché du vieillard qui émergeait d'une bouche d'égout, dans laquelle, apparemment, il avait élu domicile, lorsque soudain il avait vu une voiture bondir vers lui. Il avait roulé jusqu'au trottoir, cramponné à son Canon, juste à temps pour échapper à une mort horrible. En développant la pellicule il s'était aperçu que, dans le désordre de sa fuite, l'appareil s'était déclenché trois fois. Deux des images ne valaient rien. De la boue. Un morceau de ciel. Sur la dernière, cependant, on distinguait nettement le métal furtif de l'automobile et le visage, indifférent, du passager assis à l'arrière. Il a montré les photographies. Félix a sifflé :

– *Popílas !* C'est le président !

Angela Lúcia s'est davantage intéressée au morceau de ciel :

– Le nuage, vous avez vu ? Il ressemble à un lézard…

José Buchmann a acquiescé. On aurait dit un lézard, ou un crocodile, mais, finalement, chacun voit ce qu'il veut dans le dessin fugace d'un nuage. Lorsque Félix a réapparu, venant de la cuisine, tenant dans ses mains un plat en terre large et profond, ils avaient déjà tous deux repris leurs distances. Buchmann a exigé le piment *jindungo* et le citron. Il a fait compliment de la consistance du *fungi*, le plat traditionnel angolais. Peu à peu il a retrouvé son grand rire et son accent luandais. Angela Lúcia a posé dans les siens ses tendres yeux d'eau :

– Félix m'a dit que vous avez vécu longtemps à l'étranger. Dans quels pays ?

José Buchmann a hésité un instant. Il s'est tourné vers son ami, inquiet, pour demander de l'aide. Félix a feint de ne pas comprendre :

– Oui, oui. Vous ne m'avez jamais raconté où vous étiez pendant toutes ces années…

Il souriait doucement. C'était comme s'il faisait pour la première fois l'expérience de la cruauté. José Buchmann a poussé un profond soupir. Il s'est adossé à sa chaise :

– J'ai passé ces dix dernières années sans avoir d'adresse bien précise, à errer de par le monde, à photographier des guerres. Avant ça j'ai vécu à Rio de Janeiro, encore avant à Berlin, et encore avant à Lisbonne. Je suis parti au Portugal dans les années 60, étudier le droit, mais je n'ai pas aimé l'ambiance. Il y avait beaucoup de silence. Le fado, Fátima, le football. L'hiver, qui pouvait arriver à n'importe quel moment de l'année, et qui arrivait généralement, une pluie d'algues mortes tombait du ciel. Les rues s'obscurcissaient. Les gens mouraient de tristesse. Même les chiens se pendaient. Je me suis enfui. Je suis d'abord allé à Paris, et de là, avec un ami, à Berlin. J'ai lavé les assiettes dans un restaurant grec. J'ai travaillé comme réceptionniste dans un bordel de luxe. Donné des cours de portugais à des Allemands. Chanté dans des bars. Posé comme modèle pour des étudiants en peinture. Un jour, un ami m'a offert un appareil Canon F-1, dont je me sers encore aujourd'hui, et c'est comme ça que je suis devenu photographe. J'étais en Afghanistan en 1982, du côté des troupes soviétiques... au Salvador, du côté de la guérilla... au Pérou, des deux côtés... aux Malouines, également des deux côtés... en Iran, pendant la guerre avec l'Irak... au Mexique, du côté des zapatistes... J'ai pris des tas de photos en Israël et en Palestine. Des tas. Le travail ne manque pas là-bas.

Angela Lúcia a souri, de nouveau nerveuse :

– Ça suffit ! Je ne veux pas que vos souvenirs laissent cette maison souillée de sang.

Félix est retourné à la cuisine pour préparer le dessert. Les deux invités sont restés face à face. Aucun n'a parlé. Le silence entre eux était plein de murmures, d'ombres, de choses qui couraient dans le lointain, venues d'un temps ancien, obscures et furtives. Ou peut-être pas. Il est probable qu'ils sont restés muets, l'un en face de l'autre, simplement parce qu'ils n'ont rien trouvé à se dire, et que j'ai imaginé le reste.

RÊVE N° 4

Je me suis vu moi-même marchant sur une passerelle en planches. La passerelle serpentait, suspendue à un mètre du sable, se perdant dans le lointain, entre des dunes plus hautes, réapparaissant plus loin, tantôt pratiquement recouverte par la végétation de graminées et d'arbustes, tantôt complètement exposée. La mer, à ma droite, était lisse et lumineuse, d'un bleu turquoise, comme elle n'existe que sur les affiches touristiques ou dans les beaux rêves, et il en émanait un chaud parfum d'algues et de sel. L'homme s'avançait à ma rencontre. J'ai su aussitôt, avant même de distinguer ses traits, que c'était mon ami Félix Ventura. On voyait bien que le soleil l'incommodait. Il portait des lunettes noires, impénétrables, un pantalon de lin écru et une chemise déboutonnée, en lin elle aussi, qui ondulait au vent comme une bannière. Sa tête était couverte d'un beau panama, mais même celui-ci, dans toute son élégante splendeur, ne semblait pas suffisant pour lui épargner les durs tourments du soleil.

– Je suis un homme sans couleur, m'a-t-il dit, et, comme vous le savez, la nature a horreur du vide.

Nous nous sommes assis sur un banc, large et confortable, construit sur la passerelle. La mer paressait, sereine, à nos pieds. Félix Ventura a ôté son chapeau et en a éventé son large visage. Sa peau luisait, rose, couverte de sueur. J'ai eu pitié de lui :

– Dans les pays froids, les gens à la peau claire ne souffrent pas autant de la dureté du soleil. Vous devriez peut-être émigrer en Suisse. Vous connaissez Genève? J'aimerais bien vivre à Genève.

– Mon problème, ce n'est pas le soleil! a-t-il rétorqué. Mon problème, c'est l'absence de mélanine. (Il a ri.) Vous avez remarqué que tout ce qui est inanimé se décolore au soleil – mais que ce qui est vivant prend des couleurs?

Il manquait d'âme, lui, il manquait de vie?! Je l'ai contredit avec véhémence. Je n'avais jamais connu quelqu'un d'aussi vivant. Il me semblait qu'il y avait en lui non pas de la vie, mais des vies en trop. En lui et autour de lui. Félix m'a regardé avec attention:

– Excusez ma question, mais puis-je savoir votre nom?

– Je n'ai pas de nom, ai-je répondu, et j'étais sincère, je suis le gecko.

– C'est ridicule. Personne n'est un gecko!

– Vous avez raison. Personne n'est un gecko. Et vous, vous vous nommez réellement Félix Ventura?

Ma question a paru l'offenser. Il s'est renversé sur le dossier et a plongé ses yeux dans la profondeur prodigieuse du ciel. J'ai eu peur que ce soit pour sauter dedans. Je ne connaissais pas cet endroit. Je ne parvenais pas à me souvenir d'y avoir été, un jour, dans mon autre vie. Des cactus énormes, certains hauts de plusieurs mètres, se dressaient parmi les dunes, derrière nous, eux aussi éblouis par l'éclat limpide de la mer. Un vol de flamands roses a glissé en un calme incendie à travers l'azur du ciel, juste au-dessus de nos têtes, et ce n'est qu'alors que j'ai été certain que j'étais réellement en train de rêver. Félix s'est retourné lentement, les yeux humides.

– C'est ça la folie?

Je n'ai rien trouvé à lui répondre.

Le soir suivant, Félix a répété la question à Angela Lúcia. Avant, bien sûr, il lui a raconté qu'il avait de nouveau rêvé de moi. Il m'est arrivé de voir Angela Lúcia dire des choses sérieuses en riant, ou, au contraire, prendre un air très sérieux tout en se moquant de son interlocuteur. Je ne parviens pas toujours à comprendre ce qu'elle pense. Cette fois-là elle a ri devant les yeux inquiets de mon ami, augmentant grandement son angoisse, mais aussitôt après elle est devenue très sérieuse et elle a demandé :

– Et son nom ? Finalement, ce *muadié* t'a dit qui il était ?

Personne n'est un nom ! ai-je pensé avec force.

– Personne n'est un nom ! a répondu Félix.

La réponse a pris Angela Lúcia par surprise. Félix aussi. Je l'ai vu regarder la jeune femme comme il aurait regardé un abîme. Elle a souri gentiment. Elle a posé doucement sa main droite sur le bras gauche de l'albinos. Elle lui a chuchoté quelque chose à l'oreille et il s'est calmé.

– Non, a-t-il répété dans un souffle. Je ne sais pas qui c'est. Mais si c'est moi qui rêve de lui, je peux lui donner le nom que je veux, tu ne penses pas ? Je vais l'appeler Eulálio, parce qu'il a la parole facile.

Eulálio ?! Ça me plaît. Je serai donc Eulálio.

LA PLUIE SUR L'ENFANCE

Il pleut. De grosses gouttes d'eau, poussées par le vent violent, se jettent contre les vitres. Félix, assis face à la tempête, savoure à lentes cuillerées une purée de fruits. C'est ce qui a constitué son dîner ces derniers soirs. Il prépare lui-même une papaye, en l'écrasant avec une fourchette. Il ajoute ensuite deux maracujas, des fruits de la passion, une banane, des raisins secs, des pignons de pin, une cuillerée à soupe de muesli, d'une marque anglaise, et un filet de miel.

– Je vous ai parlé des sauterelles ?

Il m'en a parlé.

– Chaque fois qu'il pleut comme ça, je me souviens des sauterelles. Pas ici, pas à Luanda, bien sûr, ici je n'ai jamais rien vu de tel. Mon père, le vieux Fausto Bendito, avait hérité, de sa grand-mère maternelle, une ferme à Gabela. Nous allions y passer les vacances. Pour moi, c'était comme si j'allais en visite au paradis. Je jouais toute la journée avec les enfants des employés et un ou deux petits Blancs, des enfants qui étaient nés là et qui parlaient la langue du pays, le quimbundo.

Nous jouions aux cow-boys et aux Indiens, avec des frondes et des lances de notre fabrication, et même des carabines à air comprimé, j'en avais une, un autre gamin en avait une aussi, que nous chargions avec des *maças-da-índia*.

La *maça-da-índia*, tu ne dois pas connaître, c'est un fruit minuscule, vermeil, plus ou moins de la grosseur d'un plomb. Cela faisait des balles sensationnelles parce lorsqu'elles atteignaient leur but elles s'écrasaient, plof! en tachant les vêtements de la victime comme si c'était du sang. Quand je vois pleuvoir comme ça, je me souviens de Gabela. Des manguiers qui bordaient la route, dès la sortie de Quibala. Des omelettes, je n'en ai jamais mangé de pareilles, qu'on servait au petit-déjeuner à l'hôtel de Quibala. Mon enfance est remplie de bonnes saveurs. Elle sent bon, mon enfance. Je me souviens, oui, des sauterelles. Je me souviens des après-midi où il pleuvait des sauterelles. L'horizon s'obscurcissait. Les sauterelles tombaient étourdies dans l'herbe, d'abord une ici, puis une autre là, et elles étaient aussitôt, aussitôt, dévorées par les oiseaux. L'obscurité avançait, recouvrait tout, et l'instant suivant elle se changeait en une chose avide et multiple, en un vrombissement furieux, une grande agitation, et nous courions à la maison, pour nous abriter, cependant que les arbres perdaient leurs feuilles et que l'herbe disparaissait, en quelques minutes, engloutie par cette sorte d'incendie vivant. Le jour suivant, tout ce qui était vert avait disparu. Fausto Bendito racontait qu'il avait vu disparaître ainsi, dévoré par les sauterelles, un fourgon vert. Il devait exagérer.

J'aime l'écouter. Félix parle de son enfance comme s'il l'avait réellement vécue. Il ferme les yeux. Il sourit :

– Je ferme les yeux et je revois les sauterelles tomber du ciel. Les *quissondes*, les fourmis rouges, des guerrières, tu sais ? les fourmis rouges descendaient de la nuit, de quelque porte de la nuit donnant sur l'enfer, et se multipliaient, par milliers, par millions, à mesure que nous les supprimions. Je me souviens de m'être mis à tousser, à tousser très fort, jusqu'à suffoquer, avec les yeux qui me brûlaient, au milieu de la fumée de la bataille. De Fausto Bendito, mon père, en pyjama, sa toison poivre et sel tout ébouriffée, pieds nus dans une bassine d'eau, en train de combattre cette mer de fourmis avec une bombe de DDT. De Fausto en train de crier des ordres aux domestiques au milieu de la fumée. Je riais dans un émerveillement d'enfant. Je m'endormais, je rêvais des fourmis, et lorsque je m'éveillais elles étaient toujours là, au milieu de la fumée, cette fumée âcre, des millions de petites machines à triturer, avec leur fureur aveugle et leur faim ancestrale. Je m'endormais, je rêvais, et elles pénétraient dans mes rêves, je les voyais grimper sur les murs, attaquer les poules dans le poulailler et les pigeons dans le pigeonnier. Les chiens se mordaient les pattes. Ils tournaient sur eux-mêmes dans un tourbillon de colère, en hurlant, ils tentaient d'arracher avec les dents les fourmis qui s'accrochaient à leurs orteils, ils tournoyaient, hurlaient, mordaient leur propre chair. Ils arrachaient les fourmis, et leurs orteils en même temps. La cour était pleine de sang. L'odeur du sang affolait encore davantage les chiens. Elle affolait les fourmis. La Vieille Espérance, qui à l'époque n'était pas encore si vieille que ça, criait, implorait, *Faites quelque chose, patron ! Les bêtes souffrent*, et je me souviens de mon père en train d'armer son fusil de chasse, pendant qu'elle m'entraînait vers ma chambre pour que je n'assiste pas à cela. Je nouais mes bras autour d'Espérance, je plongeais mon visage dans ses seins, mais ça ne m'avançait pas à grand-chose. En ce moment je ferme les yeux, et je vois. J'entends tout, tu me crois ? Aujourd'hui encore je pleure la mort de mes chiens. Je ne devrais même pas dire cela, je ne sais pas si tu me comprendras, mais je pleure davantage mes chiens que mon propre père. Nous nous réveillions, nous secouions nos cheveux, nous secouions les draps, et les fourmis tombaient, mortes, ou presque, mais encore en train de mordre dans le vide, mastiquant l'air de leurs grosses pinces de fer. Heureusement, il pleuvait. La pluie avançait à travers le ciel illuminé et nous courions en bondissant à la rencontre de cette eau abondante, très propre, en buvant le parfum de la terre mouillée. Avec les premières pluies arrivaient les *salalés*, les termites ailés. Ils voletaient la nuit autour des lampes comme une brume, en bourdonnant doucement, jusqu'à ce qu'ils aient perdu leurs ailes, et le matin les trottoirs s'éveillaient recouverts d'un léger tapis transparent. Les salalés et les papillons m'ont toujours semblé des êtres sans méchanceté. Autrefois, tous les contes pour enfants se terminaient par la même phrase, *et ils vécurent heureux pour toujours*, avant cela le prince s'est marié avec la princesse et ils ont eu beaucoup d'enfants. Dans la vie, évidemment, aucune histoire ne se termine comme ça. Les princesses se marient avec les gardes du corps, avec les trapézistes, la vie continue, et tous deux sont malheureux jusqu'à ce qu'ils se séparent. Des années plus tard, comme nous tous, ils meurent. Nous ne sommes heureux, vraiment heureux, que lorsque c'est pour toujours, mais il n'y a que les enfants qui habitent ce temps où tout dure pour toujours. J'ai été heureux pour toujours dans mon enfance, à Gabela, pendant les grandes vacances, pendant que j'essayais de construire une cabane dans les branches d'un acacia. J'ai été heureux pour toujours sur les berges d'un ruisseau, un cours d'eau tellement humble qu'il ne pouvait se payer le luxe d'avoir un nom, mais suffisamment fier pour que nous le considérions comme plus important qu'un simple ruisseau : c'était le Fleuve. Il coulait entre les champs de maïs et de manioc, et nous allions y pêcher des têtards, faire naviguer des bateaux à vapeur improvisés, et aussi, vers le soir, épier les blanchisseuses au bain. J'ai été heureux avec mon chien, Cabiri, nous avons tous deux été heureux pour toujours, à poursuivre les tourterelles et les lapins pendant de longs après-midi, à jouer à cache-cache au milieu de l'herbe haute. J'ai été heureux sur le pont du *Prince Parfait*, lors d'un voyage éternel entre Luanda et Lisbonne, en jetant à la mer des bouteilles contenant des messages ingénus. *Je remercie celui qui trouvera cette bouteille de bien vouloir m'écrire.* Personne ne m'a jamais écrit. Au catéchisme, un vieux prêtre à la voix mourante et au regard fatigué a tenté, sans conviction, de m'expliquer en quoi consistait l'Éternité. Je pensais que c'était un autre nom pour les grandes vacances. Le prêtre parlait d'anges et je voyais des poules. Jusqu'à aujourd'hui, d'ailleurs, les poules sont ce que je trouve le plus semblable aux anges. Il nous parlait de la béatitude et je voyais les poules en train de gratter au soleil, de creuser des nids dans le sable, de faire rouler leurs petits yeux de verre, en une pure extase mystique. Je ne parviens pas à imaginer le paradis sans poules. Je ne parviens même pas à imaginer le bon Dieu, allongé paresseusement sur une molle couche de nuages, sans le voir entouré d'une gentille légion de poules. D'ailleurs, je n'ai jamais rencontré une poule méchante, vous en avez connu ? Les poules, comme les fourmis ailées, comme les papillons, ne connaissent pas le mal.

La pluie redouble d'intensité. Il est rare qu'il pleuve ainsi à Luanda. Félix Ventura s'essuie le visage avec un mouchoir. Il se sert encore de mouchoirs de lin, immenses, de facture classique, avec son nom brodé dans un coin. J'envie son enfance. Elle est peut-être fausse. Même si c'est le cas, je l'envie.

ENTRE LA VIE ET LES LIVRES

Quand j'étais enfant, avant même d'avoir appris à lire, je passais des heures dans la bibliothèque de notre maison, assis par terre, à feuilleter de grosses encyclopédies illustrées, pendant que mon père composait des vers ardus, qu'ensuite, de façon très raisonnable, il détruisait. Plus tard, alors que j'allais déjà à l'école, je me réfugiais dans les bibliothèques pour échapper aux jeux, toujours brutaux, auxquels les garçons de mon âge s'amusaient. J'ai été un enfant timide, délicat, une cible facile pour les tourments infligés par les autres. J'ai grandi – j'ai grandi même un peu plus que la normale, mon corps s'est développé, mais je suis resté en retrait, hostile aux aventures. J'ai travaillé pendant quelques années comme bibliothécaire et je crois que j'ai été heureux à cette époque. J'ai été heureux depuis, y compris maintenant, dans ce petit corps auquel on m'a condamné, pendant que j'accompagne, dans quelque roman médiocre, le bonheur d'un autre. Dans la grande littérature, les amours heureuses sont rares. Eh oui, encore aujourd'hui je lis. Je parcours les tranches des livres lorsque vient le soir. Je me distrais, la nuit, avec les livres que Félix laisse ouverts, oubliés, sur la table de chevet. Je ne sais pas bien pourquoi, *Les Mille et Une Nuits*, dans la version anglaise de Richard Burton, me manquent. Je devais avoir huit ou neuf ans lorsque j'ai lu ce livre pour la première fois, en cachette de mon père, parce qu'à cette époque c'était encore un ouvrage obscène. Je ne peux pas revenir aux *Mille et Une Nuits* mais, en revanche, je suis en train de découvrir de nouveaux auteurs. Coetzee, le Boer, par exemple, me plaît, pour sa rudesse et sa précision, son désespoir sans indulgence. J'ai été surpris d'apprendre que les Suédois avaient récompensé une si belle œuvre.

Je me rappelle un étroit jardin, un puits, une tortue qui dormait dans la boue. Au-delà des grilles on entendait le brouhaha de la foule. Je me rappelle encore les maisons, basses, noyées dans la lumière fine (comme du sable) du crépuscule. Ma mère était toujours à côté de moi, une femme fragile et féroce, pour m'apprendre à craindre le monde et ses innombrables dangers.

– La réalité est douloureuse et imparfaite, me disait-elle, c'est sa nature et c'est par là que nous la distinguons des rêves. Lorsque quelque chose nous semble très beau, nous pensons que ce ne peut être qu'un rêve et alors nous nous pinçons pour être sûr que nous ne rêvons pas – si cela nous fait mal, c'est que nous ne rêvons pas. La réalité blesse, même lorsque, par instants, elle nous semble un rêve. Dans les livres on trouve tout ce qui existe, très souvent dans des couleurs plus authentiques, et sans la douleur véridique de tout ce qui existe dans la réalité. Entre la vie et les livres, mon fils, choisis les livres.

Ma mère ! À partir de maintenant, je dirai simplement la Mère.

Imaginez un jeune homme en mobylette sur une route secondaire. Le vent lui fouette le visage. Le jeune homme ferme les yeux et ouvre les bras, comme dans les films, se sentant vivant et en communion totale avec l'univers. Il ne voit pas le camion surgir au croisement. Il meurt heureux. Le bonheur est presque toujours une irresponsabilité. Nous sommes heureux pendant les brefs instants où nous fermons les yeux.

José Buchmann a étalé les photographies sur la grande table du salon, des copies au format A4, sur papier mat, en noir et blanc. Sur presque toutes apparaît le même homme, un grand vieillard, mince, à la chevelure très blanche qui lui tombe sur la poitrine, en grosses tresses, et se perd ensuite dans les poils rêches de sa barbe. Tel qu'on le voit sur les clichés, vêtu d'un T-shirt sombre en haillons sur lequel on distingue encore, sur la poitrine, une faucille et un marteau, mais la tête dressée, les yeux luisants de colère, on dirait un prince ancien tombé en disgrâce.

– Je l'ai suivi partout, au cours de ces dernières semaines, du matin au soir. Vous voulez voir ? Je vais vous montrer la ville du point de vue d'un chien enragé.

a) Le vieillard, de dos, marche le long des rues éventrées.
b) Des immeubles en ruine, aux murs troués d'impacts de balles, leurs maigres os exposés. Une affiche, sur l'un des murs, annonce un concert de Julio Iglesias.
c) Des enfants jouent au ballon, entourés de hauts immeubles. Ils sont squelettiques, presque diaphanes. Ils sont plongés, suspendus dans la poussière, comme des danseurs sur une scène. Le vieillard les observe assis sur une pierre. Il sourit.
d) Le vieillard dort à l'ombre de la carcasse, mangée par la rouille, d'un char d'assaut.
e) Le vieillard urine contre la statue du Président.

f) Le vieillard est avalé par le sol.
g) Le vieillard émerge de la bouche d'égout, tel un dieu insoumis, sa tignasse en bataille éclairée par la douce lumière du matin.

– J'ai vendu ce reportage à un magazine américain. Je pars demain pour New York. J'y resterai une ou deux semaines. Peut-être davantage. Et vous savez ce que j'ai l'intention de faire ?

Félix Ventura n'a pas attendu la réponse. Il a secoué la tête :

– C'est absurde ! Vous vous rendez compte que c'est absurde, n'est-ce pas ?

José Buchmann a ri. Un éclat de rire tranquille. Peut-être était-il en train de plaisanter :

– Il y a longtemps, à Berlin, j'ai été surpris par le coup de fil d'un ami, un camarade d'enfance, venant de ma chère Chibia. Il m'a dit qu'il était parti deux jours plus tôt de Lubango, qu'il était allé en moto jusqu'à Luanda, et que de Luanda il avait pris l'avion pour Lisbonne, et que de Lisbonne il avait embarqué pour l'Allemagne, décidé à fuir la guerre. Il devait avoir un cousin qui l'attendrait à l'arrivée mais il n'y avait personne, et alors il avait décidé de chercher la maison de son cousin, était sorti de l'aéroport et s'était perdu. Il était affolé. Il ne parlait pas un mot d'anglais, d'allemand non plus, et il n'avait jamais mis les pieds dans une grande ville. J'ai essayé de le calmer. *Tu téléphones d'où ?* lui ai-je demandé, *d'une cabine*, m'a-t-il répondu. *J'ai trouvé ton numéro de téléphone dans mon agenda et j'ai décidé d'appeler – tu as bien fait*, ai-je approuvé. *Ne sors pas de là. Dis-moi simplement ce que tu vois autour de toi, dis-moi si tu vois quelque chose qui te semble bizarre, qui attire l'attention, pour que je puisse me repérer – quelque chose de bizarre ? Eh bien, de l'autre côté de la rue, il y a une machine avec une lumière qui s'allume et qui s'éteint et qui change de couleur, vert, rouge, vert, avec dessous la silhouette d'un petit bonhomme qui marche.*

Il a raconté l'anecdote en imitant la voix de son ami, l'accent ouvert, l'angoisse du malheureux cramponné au téléphone. Il a ri de nouveau, cette fois à gorge déployée, jusqu'à ce que des larmes jaillissent de ses yeux. Il a demandé un verre d'eau à Félix. Il s'est calmé tout en buvant :

– Oui, l'Ancien, je sais que New York est une très grande ville. Mais si j'ai pu dénicher un feu de signalisation à Berlin et une cabine téléphonique, en face, avec un *enchaîné*... c'est comme ça qu'on appelle les natifs de Chibia, vous le saviez ? Si j'ai été capable de trouver une cabine téléphonique à Berlin, avec un enchaîné dedans, qui m'attendait, je dois aussi être capable de trouver à New York une décoratrice nommée Eva Miller – ma mère, mon Dieu ! Ma mère ! En quinze jours, j'en suis sûr, je la rencontre.

"Mon cher ami,

J'espère que cette lettre vous trouvera en excellente santé. Je sais bien que ce n'est pas exactement une lettre que je suis en train de vous écrire, mais un message électronique. Personne n'écrit plus de lettres. Moi, sincèrement, j'ai le regret du temps où les gens correspondaient en échangeant des lettres, d'authentiques lettres, en bon papier, auquel il était possible d'ajouter une goutte de parfum, ou de joindre des fleurs séchées, des plumes colorées, une mèche de cheveux. J'éprouve une légère nostalgie de ce temps où le facteur nous apportait les lettres à la maison, et de la joie, de la peur aussi, avec lesquelles nous les recevions, nous les ouvrions, nous les lisions, et du soin avec lequel, lorsque nous y répondions, nous choisissions les mots, mesurant leur poids, évaluant la lumière et le feu qui les accompagnaient, sentant leur fragrance, parce que nous savions qu'ils seraient ensuite soupesés, étudiés, sentis, savourés, et que certains parviendraient peut-être à échapper au gouffre du temps pour être relus des années plus tard. Je ne supporte pas le grossier manque de formalité des messages électroniques. J'affronte toujours avec horreur, une horreur physique, une horreur métaphysique et morale, ce "Salut !" qui nous a été imposé à partir du Brésil – comment peut-on prendre au sérieux quelqu'un qui s'adresse à nous de cette façon ? Les voyageurs européens qui ont traversé les régions désertes de l'Afrique au cours du XIXe siècle évoquaient fréquemment, sur un ton de raillerie, les salutations compliquées échangées par les guides indigènes lorsque, pendant leurs longues journées de marche, ils croisaient, sous un quelconque ombrage propice, des parents ou des connaissances. Le blanc y assistait, impatient, jusqu'à ce que, après de nombreuses et longues minutes de rires, d'interjections et d'applaudissements, il interrompe le guide :

– Et alors, qu'ont dit ces hommes, ont-ils vu Livingstone ?

– Ils n'ont rien dit, non, chef, expliquait l'autre. Ils se sont seulement dit bonjour.

J'attends d'une lettre un temps semblable. Faisons donc comme si ceci était une lettre et que le facteur venait de la déposer à l'instant entre vos mains. Elle sentira, peut-être, la peur que de nos jours les gens transpirent, respirent, sur cette immense pomme pourrie. Le ciel est bas et sombre. Je forme des vœux, à propos, pour que flottent sur Luanda de semblables nuages, une brume perpétuelle, comme il sied à votre peau sensible, et que votre commerce ait toujours le vent en poupe. Je crois que oui, tant nous manquons tous d'un bon passé, et en particulier ceux qui dans cette triste patrie nous tirent mal d'affaire, tout en s'en tirant bien eux-mêmes.

Je pense à la belle Angela Lúcia (je la trouve belle) en affrontant sans beaucoup de courage le brouhaha inquiet de ces rues. Elle a peut-être raison lorsqu'elle dit que l'essentiel est de porter témoignage non des ténèbres, comme je l'ai fait, mais de la lumière. Si vous voyez notre amie, dites-lui qu'elle a au moins réussi à semer un peu de doute dans mon âme et que j'ai levé les yeux vers les cieux, ces derniers temps, plus souvent que je ne l'ai fait dans toute ma vie. Lorsque nous levons les yeux, nous ne voyons pas la boue, nous ne voyons pas les petits êtres qui combattent au milieu de la boue. Qu'en dites-vous, mon cher Félix, est-il plus important de témoigner de la beauté ou de dénoncer l'horreur ?

Peut-être que je vous ennuie avec mon imprudente philosophie. J'imagine que, si vous m'avez lu jusqu'ici, vous devez déjà vous sentir dans la peau de ces explorateurs européens dont j'ai parlé plus haut : "Finalement, que veut cet homme, a-t-il oui ou non trouvé Livingstone ?"

Je n'ai pas trouvé. J'ai commencé par consulter les annuaires et j'ai découvert six Miller, qui s'appelaient aussi Eva, mais aucune ne connaissait l'Angola. J'ai décidé ensuite de mettre une annonce en portugais dans cinq journaux à grand tirage. Je n'ai eu aucune réponse. Et alors, oui, j'ai retrouvé sa trace. Je ne sais si vous connaissez la Théorie du petit monde, appelée aussi des six degrés de séparation. En 1967, un sociologue américain, Stanley Milgram, de l'université de Harvard, a proposé un curieux défi à trois cents personnes habitant les États du Kansas et du Nebraska. Il espérait que ces personnes parviendraient, en ayant recours uniquement aux renseignements donnés par des parents et connaissances, au moyen de lettres (ceci s'est passé au temps où l'on échangeait encore des lettres), à contacter deux individus à Boston, dont ils ne connaissaient que le nom et la profession. Soixante personnes ont accepté de participer au projet. Trois d'entre elles ont réussi. En analysant les résultats, Milgram a compris que, en moyenne, il n'y avait eu que six intermédiaires entre l'expéditeur et le destinataire. Si la thèse est correcte, je me trouve à peine, en ce moment, à deux personnes de distance de ma mère. J'ai toujours sur moi l'article de *Vogue*, édition américaine, celui que vous m'avez remis, avec la reproduction de l'aquarelle d'Eva Miller. Le reportage est signé d'une journaliste nommée Maria Duncan. Elle a quitté le magazine depuis longtemps, mais le rédacteur en chef se souvient encore d'elle. Après avoir beaucoup cherché j'ai réussi à découvrir un numéro de téléphone, à Miami, où Maria habitait lorsqu'elle travaillait encore pour *Vogue*. C'est un de ses neveux qui m'a répondu, à ce numéro. Il m'a dit que sa tante n'habitait plus là. Elle était retournée, depuis la mort de son mari, dans sa ville natale, New York. Il m'a donné l'adresse. C'est, voyez l'ironie ! à un pâté de maisons de l'hôtel où j'ai pris une chambre. Je suis allé la voir hier. Maria Duncan est une vieille dame aux gestes décharnés, aux cheveux pourpres, à la voix forte et assurée qui semble avoir été volée à quelqu'un de plus jeune. Je présume que la solitude, ce mal des vieillards, si commun dans les grandes villes, lui pèse. Elle m'a reçu avec intérêt, et lorsqu'elle a appris la raison de ma visite elle s'est animée encore davantage. Un fils à la recherche de sa mère émeut n'importe quel cœur de femme. "Eva Miller ?" Non, le nom ne lui disait rien. Je lui ai montré la page de *Vogue* et elle est allée chercher un carton plein de vieilles photographies, de revues, de cassettes, et nous sommes restés tous les deux à farfouiller là-dedans, pendant des heures, comme deux enfants dans le grenier de leurs grands-parents. Ça en valait la peine. Nous avons trouvé une photo d'elle avec ma mère. Plus important encore, nous avons trouvé une lettre que ma mère lui avait écrite pour la remercier de lui avoir envoyé le magazine. Sur l'enveloppe, il y a une adresse au Cap. J'imagine qu'Eva a vécu au Cap avant de s'installer à New York. Je crains, pourtant, que pour la trouver ici, ou n'importe où qu'elle soit à présent, il ne me faille refaire tout son tortueux parcours. Je m'envole pour Johannesburg demain, sur la route du retour à Luanda ; il n'y a qu'un pas de Johannesburg au Cap. Cela peut être un pas important dans ma vie. Souhaitez-moi bonne chance, et acceptez l'accolade de votre ami sincère,

José Buchmann."

LE SCORPION

Je dors, par habitude, par obligation génétique, parce que la luminosité me gêne, toute la journée. Parfois, pourtant, quelque chose me réveille, un bruit, un rayon de soleil, et je suis forcé de traverser l'inconfort du jour, en courant sur les murs, jusqu'à ce que je trouve une fente plus profonde, quelque interstice humide et creux où, de nouveau, je puisse me reposer. Je ne sais pas pourquoi je me suis réveillé ce matin. Je crois que je rêvais de quelque chose de grave (je ne me souviens pas de visages, juste de sentiments). J'ai peut-être rêvé de mon père. À l'instant où j'ai ouvert les yeux, j'ai vu le scorpion. Il était à quelques centimètres de moi. Immobile. Enfermé dans sa cuirasse de haine comme un guerrier médiéval dans son armure. Alors, il m'est tombé dessus. J'ai fait un bond en arrière et j'ai grimpé contre le mur, en un éclair, jusqu'au toit. J'ai entendu distinctement, j'entends toujours, le coup sec de l'aiguillon qui bat contre le plancher.

Je me rappelle une phrase prononcée par mon père une nuit où il célébrait – avec une fausse allégresse, je veux le croire – la mort d'un adversaire :

"Il était méchant et il l'ignorait. Il ne savait même pas ce qu'était la méchanceté. C'est à dire : il était absolument mauvais."

C'est ce que j'ai ressenti au moment exact où j'ai ouvert les yeux et vu le scorpion.

LE MINISTRE

Après l'épisode du scorpion, je n'ai plus pu me rendormir. J'ai ainsi pu assister à l'arrivée du ministre. Un homme petit, gros, mal à l'aise dans son corps. On aurait dit qu'il avait été raccourci juste avant et qu'il ne s'était pas encore habitué à sa nouvelle stature. Il portait un costume sombre, à rayures blanches, qui lui allait mal et le gênait. Il s'est laissé tomber avec un soupir de soulagement dans le fauteuil de rotin, a essuyé de ses doigts l'épaisse sueur de son visage, et avant que Félix lui offre quelque chose à boire, il a crié à la Vieille Espérance :

– Une bière, *dona* ! Bien glacée !

Mon ami a levé le sourcil mais s'est contenu. La Vieille Espérance a apporté la bière. Le soleil, dehors, faisait fondre le goudron.

– Vous n'avez pas la climatisation ?!

Il a dit ça sur un ton horrifié. Il a bu la bière à grands traits, goulûment, et en a demandé une autre. Félix lui a suggéré de se mettre à l'aise, ne voulait-il pas quitter sa veste ? Le ministre a accepté. En manches de chemise il paraissait encore plus gros, plus petit, comme si Dieu s'était assis par mégarde sur sa tête.

– Tu as quelque chose contre l'air conditionné ? a-t-il demandé en riant. C'est contre tes principes ?

Cette subite familiarité a irrité mon ami encore davantage. Il a toussé, comme s'il aboyait, et il est allé chercher la chemise cartonnée qu'il avait préparée. Il l'a ouverte sur la table basse en acajou, lentement, théâtralement, en un rituel auquel j'avais déjà assisté plusieurs fois. Cela fait toujours de l'effet. Le ministre a retenu son souffle, impatient, pendant que mon ami déclamait sa généalogie :

– Voici votre grand-père paternel, Alexandre Torres dos Santos Correia de Sá e Benevides, descendant en ligne directe de Salvador Correia de Sá e Benevides, illustre Carioca qui en 1648 libéra Luanda du joug hollandais...

– Salvador Correia ? Le type qui a donné son nom au lycée ?

– Lui-même.

– Je pensais que c'était un *Tuga*, un Portugais. Un politicien de la métropole, ou un colon quelconque, alors pourquoi ils ont changé le nom du lycée pour l'appeler Mutu Ya Kevela ?

– Parce qu'ils voulaient un héros angolais, je suppose, à cette époque-là nous avions autant besoin de héros que de pain pour manger. Si vous voulez, je peux encore vous trouver un autre grand-père. Je peux vous obtenir des documents qui prouvent que vous descendez de Mutu Ya Kevela en personne, de N'gola Quiluange, d'où vient le nom de l'Angola, et même de sa fille, la reine Ginga. Vous préférez ?

– Non, non, je garde le Brésilien. Il était riche, ce mec ?

– Très riche. Il était cousin avec Estácio de Sá, le fondateur de Rio de Janeiro, qui a connu un triste sort, le pauvre, les Indiens Tamoios lui ont envoyé une flèche empoisonnée en pleine figure. Mais, finalement, ce qui est intéressant pour vous, c'est que pendant les années où il est resté ici, à gouverner notre ville, Salvador Correia a connu une dame angolaise, Estefânia, la fille de l'un des esclavocrates les plus prospères de l'époque, Filipe Torres dos Santos, qu'il en est tombé amoureux et que de cet amour... un amour illégitime, je vous le dis tout de suite, car le gouverneur était un homme marié… de cet amour sont nés trois garçons. J'ai ici l'arbre généalogique, regardez, c'est un objet d'art.

Le ministre était ébloui :

– Quelle merveille !

Il était indigné :

– Bordel ! Qui a eu l'idée stupide de changer le nom du lycée ? ! Un homme qui a chassé les colonialistes hollandais, un combattant internationaliste d'un pays frère, un afrodescendant, qui a fondé l'une des plus importantes familles de ce pays, la mienne. Non, *cota*, vieux, ça ne va pas en rester là. Il faut rétablir ce qui est juste. Je veux que le lycée s'appelle de nouveau Salvador Correia et je me battrai pour ça de toutes mes forces. Je vais faire faire une statue de mon aïeul pour la mettre à l'entrée du bâtiment. Une très grande statue, en bronze, sur un bloc de marbre blanc. Tu trouves que c'est bien, le marbre ? Salvador Correia, à cheval, piétinant avec mépris les colons hollandais. L'épée est importante. Je vais acheter une épée authentique, il avait une épée, n'est-ce pas ? Oui, une vraie épée, plus grande que celle d'Afonso Henriques, le premier roi du Portugal. Et tu vas écrire un texte pour la plaque. Quelque chose comme : *À Salvador Correia, libérateur de l'Angola, avec la reconnaissance de la Patrie et des Boulangeries Union Marimba*, ou un truc de la même farine, on s'en fiche, mais qu'il y ait du respect, caramba, du respect ! Réfléchis-y et ensuite fais-moi savoir quelque chose. Regarde, je t'ai apporté des *ovos moles*, la spécialité d'Aveiro, tu aimes les *ovos moles*, les flans à la portugaise ? en l'occurrence *made in* Cacuaco, les meilleurs *ovos moles* de toute l'Afrique et ses alentours, du monde entier d'ailleurs, même meilleurs que les originaux. Faits par mon maître pâtissier, qui est d'Ilhavó, tu connais Ilhavó ? Eh bien tu devrais connaître, vous autres, vous passez deux jours à Lisbonne et vous pensez que vous connaissez le Portugal, mais goûte,

goûte, et tu me diras si je n'ai pas raison. Alors, je descends de Salvador Correia, caramba ! et je l'apprends seulement maintenant. Parfait. C'est mon épouse qui va être heureuse.

Angela Lúcia est arrivée quelques minutes après le départ du ministre. Elle ne semble pas souffrir le moins du monde de la chaleur. Elle est entrée, nette et élégante, ses tresses répandaient de la lumière, une fraîcheur de grenade brillait sur sa peau bronzée. Bref, une fête :

– Je dérange ?

Il n'y avait dans la question, dans le sourire qui l'accompagnait, aucun signe que cela la dérangeât de déranger. Cela avait plutôt l'air d'une provocation. Mon ami l'a embrassée sur la joue, craintivement. Un seul baiser.

– Tu ne déranges jamais…

La jeune femme l'a enlacé.

– Tu es un amour !

Plus tard, dans la nuit, Félix s'est épanché :

– Un de ces jours, je vais perdre la tête et vous embrasser sur la bouche.

Il voudrait bien la prendre par les bras et l'adosser contre un mur, comme si elle était une des filles que de temps à autre il amenait ici, à la maison. Ce serait difficile. La fragilité d'Angela Lúcia est, j'en jurerais, pure ruse. Ce soir elle a changé de rôle, passant de la colombe au serpent en un clin d'œil.

– Ton grand-père, celui-là, celui du portrait, il ressemble beaucoup à Frederick Douglass.

Félix l'a regardé, vaincu :

– Ah, tu l'as reconnu ? Que veux-tu ? On appelle ça de la déformation professionnelle. Mon métier est de créer des intrigues. J'affabule tellement, toute la journée, et avec un tel enthousiasme, que parfois j'arrive au soir perdu dans le labyrinthe de mes propres inventions. Oui, c'est Frederick Douglass, le champion de l'abolitionnisme, j'ai acheté ce portrait aux puces, à New York. Mais celui qui a rapporté ici le fauteuil où tu es assise est vraiment un arrière-grand-père à moi ou, plutôt, un grand-père de mon père adoptif. À part le portrait, l'histoire que je t'ai racontée est véridique. Enfin, du moins autant que je me souvienne. Je sais que j'ai parfois de faux souvenirs, nous en avons tous, n'est-ce pas ? Les psychologues ont étudié ça, mais je pense que celui-là est vrai.

– Je te crois. Par contre, ton ami, le sieur José Buchmann, il est complètement faux, celui-là, d'accord ? C'est toi qui l'as inventé…

Félix a nié avec véhémence. Non, *popílas* ! Si c'était quelqu'un d'autre qui le disait, il pourrait se sentir vexé, même très vexé, bien que, en y réfléchissant, ce soupçon doive être pris comme un compliment, car seule la réalité elle-même serait capable d'inventer un personnage aussi invraisemblable que José Buchmann :

– Moi, chaque fois que j'entends parler de quelque chose de vraiment impossible, je le crois aussitôt. José Buchmann est impossible, n'est-ce pas ? Nous le pensons tous les deux, alors il doit être authentique.

Angela Lúcia apprécie les paradoxes. Elle a ri. Félix en a profité pour se tirer de ce mauvais pas :

– En parlant d'histoires de famille, tu sais que tu ne m'as jamais rien dit de la tienne ? Je ne sais presque rien de toi…

Elle a haussé les épaules. On pourrait résumer sa biographie, a-t-elle dit, en cinq lignes à peine. Elle était née à Luanda. Elle avait grandi à Luanda. Un jour, elle avait décidé de quitter le pays et de voyager. Elle avait beaucoup voyagé, toujours en prenant des photos, et finalement elle était revenue. Elle aimerait continuer à voyager et à prendre des photos. C'était ce qu'elle savait faire. Il n'y avait rien d'intéressant dans sa vie, à part les vies intéressantes de deux ou trois personnes qu'elle avait rencontrées en chemin. Félix a insisté. Était-elle fille unique, ou au contraire avait-elle grandi entourée de frères et sœurs ? Et ses parents, que faisaient-ils ? Angela a eu un geste ennuyé. Elle s'est levée. Elle s'est rassise. Elle avait été fille unique pendant quatre ans. Puis étaient nés deux sœurs et un frère. Son père était architecte, sa mère hôtesse de l'air. Son père n'était pas alcoolique, il ne buvait même pas d'alcool du tout et, non, il ne lui avait jamais fait subir de sévices sexuels. Ses parents s'aimaient ; tous les dimanches son père offrait des fleurs à sa mère ; tous les dimanches celle-ci le remerciait de ses fleurs par un poème. Même pendant les années les plus difficiles – elle était née en 1977, elle était un fruit des années difficiles – ils n'avaient jamais manqué de rien. Elle avait eu une enfance simple et heureuse. Autrement dit, sa vie ne ferait pas un roman, encore moins un roman moderne. Il n'est pas possible d'écrire un roman, par les temps qui courent, ni même une nouvelle, dans lequel l'héroïne n'ait pas été violée par un père alcoolique. Son seul talent quand elle était enfant, a-t-elle poursuivi, c'était de dessiner des arcs-en-ciel. Elle avait passé son enfance à dessiner des arcs-en-ciel. Un jour, pour ses douze ans, son père lui avait offert un appareil photo, un appareil rudimentaire, en plastique, et elle avait cessé de dessiner des arcs-en-ciel. Elle s'était mise à photographier des arcs-en-ciel. Elle a soupiré.

– Jusqu'à aujourd'hui.

Félix avait rencontré Angela Lúcia au vernissage d'une exposition de peinture. Je crois – mais c'est pure supposition – qu'il en est tombé amoureux dès qu'ils ont échangé leurs premières paroles, parce que sa vie entière l'avait préparé à s'abandonner à la première femme qui ne reculerait pas avec horreur en le voyant. Lorsque je dis reculer, comprenez-moi, cela ne doit pas être pris au sens littéral. Quand elles sont présentées à Félix Ventura, il y a des femmes qui reculent vraiment, qui font un petit pas en arrière, en même temps qu'elles lui tendent la main. La plupart, toutefois, reculent en esprit, c'est-à-dire qu'elles lui tendent la main (ou la joue) en disant "enchantée", et ensuite elles détournent les yeux et font un petit commentaire sur le temps qu'il fait. Angela Lúcia lui a tendu la joue, il l'a embrassée, elle lui a rendu son baiser et elle a dit :

– C'est la première fois que j'embrasse un albinos.

Lorsque Félix lui a expliqué ce qu'il faisait – "Je suis généalogiste" –, c'est ce qu'il dit toujours lorsqu'il se présente à des inconnus, elle s'est aussitôt intéressée :

– Sérieusement ? Vous êtes le premier généalogiste que je rencontre.

Ils sont sortis ensemble de l'exposition et sont allés continuer la conversation à une terrasse de café, sous les étoiles, en face des eaux noires de la baie. Cette nuit-là, m'a raconté Félix, il avait été le seul à parler. Angela Lúcia possède un talent rare : elle est capable de maintenir une conversation animée presque sans y participer. Puis mon ami est rentré à la maison et il m'a dit :

– J'ai rencontré une femme extraordinaire. Ah, mon cher, les mots justes me manquent pour la définir, tout en elle est lumière !

J'ai pensé qu'il exagérait. Là où il y a de la lumière, il y a des ombres.

RÊVE N° 5

José Buchmann souriait. Un léger sourire moqueur. Nous étions dans le luxueux wagon d'un vieux train à vapeur. Un tableau, accroché contre l'une des parois, éclairait l'air d'une vague couleur de cuivre. J'ai avisé un échiquier, d'ébène et d'ivoire, posé sur une table basse entre lui et moi. Je ne me souvenais pas d'avoir bougé les pièces mais le jeu avançait. Le photographe avait un net avantage.

– Finalement, a-t-il dit, il y a plusieurs jours que j'en rêvais. Je voulais vous voir. Je voulais savoir comment vous étiez.

– Alors vous pensez que cette conversation est réelle?

– La conversation, certainement, ce sont les circonstances qui manquent de substance. Il y a de la vérité, même s'il n'y a pas de vraisemblance, dans tout ce qu'un homme rêve. Un goyavier en fleur, par exemple, perdu quelque part entre les pages d'un bon roman, peut réjouir de son parfum fictif plusieurs salons tangibles.

J'ai été obligé d'approuver. Quelquefois, par exemple, je rêve que je vole. Or, je n'ai jamais volé avec autant de vérité, et même avec autant d'autorité, que dans mes rêves. Voler en avion, à l'époque où je prenais l'avion, ne me donnait pas une telle sensation de liberté. J'ai pleuré la mort de mon grand-père, en rêve, davantage et mieux que je ne l'ai pleurée éveillé. J'ai pleuré, d'ailleurs, des larmes plus sincères à la mort de certains personnages littéraires que lors de la disparition de nombreux amis et parents. Ce qui me semblait le moins réel ici était la toile sur la paroi, derrière José Buchmann, une composition mélancolique, non par son sujet, car il n'était pas possible de deviner quel en était le sujet, ce qui est sans doute la plus grande vertu de l'art moderne, mais par la luminosité de ses couleurs. L'après-midi entrait (rapidement) par les fenêtres. Nous voyions défiler les plages, les palmiers chargés de noix de coco, la longue chevelure ébouriffée des *casuarinas.* Nous voyions aussi la mer, tout au fond, qui brûlait en un immense incendie bleu indigo. Le train a ralenti dans une montée. Il ahanait, asthmatique, un vieux monstre mécanique pratiquement à bout de souffle. José Buchmann a avancé sa dame, menaçant le cavalier qui protégeait mon roi. Je lui ai tendu un pion. Il l'a regardé distraitement :

– La vérité est improbable.

Il a souri en un éclair :

– Le mensonge, a-t-il expliqué, est partout. La nature elle-même ment. Qu'est-ce que le camouflage, par exemple, sinon un mensonge ? Le caméléon se déguise en feuille pour tromper le pauvre papillon. Il lui ment en disant, *sois tranquille, mon chéri, tu ne vois pas que je ne suis qu'une feuille très verte qui ondule au vent ?* et puis il fait jaillir sa langue, à une vitesse de six cent vingt-cinq centimètres par seconde, et il le mange.

Il a mangé le pion. Je n'ai rien dit, étourdi par cette révélation et le lointain éclat de la mer. J'ai seulement pu me souvenir d'une phrase de quelqu'un d'autre :

– J'abomine le mensonge parce que c'est une inexactitude.

José Buchmann a reconnu les mots. Il les a considérés un moment, en en mesurant la solidité et la mécanique ; et l'efficacité :

– La vérité aussi est en général ambiguë. Si elle était exacte, elle ne serait pas humaine. (Il s'animait au fur et à mesure qu'il parlait.) Vous avez cité Ricardo Reis. Permettez-moi de citer Montaigne : *rien ne semble vrai qui ne puisse sembler faux.* Il existe des dizaines de professions dans lesquelles savoir mentir est une vertu. Je pense aux diplomates, aux hommes d'État, aux avocats, aux acteurs, aux écrivains, aux joueurs d'échecs. Je pense à notre ami commun, Félix Ventura, sans lequel nous ne nous serions pas rencontrés. Indiquez-moi à présent une profession, une seule, qui ne fait jamais appel au mensonge et dans laquelle un homme qui ne dit que la vérité soit réellement apprécié ?

Je me suis senti acculé. Il a bougé un des fous. J'ai répliqué en avançant un cavalier. Il y a quelques jours j'ai vu à la télévision un joueur de basket, un type naïf, qui se plaignait des journalistes :

– Quelquefois ils écrivent ce que je dis, et pas ce que je voudrais dire.

Je lui ai raconté ça et il a ri de bon cœur. Je le trouvais déjà moins antipathique. Le train a sifflé longuement. Un hurlement mourant, qui s'est déroulé sans hâte, comme un ruban rouge, sur la bordure claire de la mer. Un groupe de pêcheurs, sur la plage, a fait signe au train. José Buchmann a répondu au salut d'un geste large. Quelques minutes auparavant, pendant un bref arrêt, il s'était penché à la fenêtre pour acheter des mangues. Je l'ai entendu discuter avec les marchandes dans un idiome hermétique, chantant, qui semblait n'être composé que de voyelles. Il m'a dit qu'il parlait l'anglais, avec ses différents accents ; il parlait aussi divers dialectes allemands, le français (de Paris) et l'italien. Il m'a assuré qu'il était capable de tenir une conversation avec la même désinvolture en arabe ou en roumain.

– Je peux même blatérer, a-t-il ironisé, dans la langue secrète des chameaux. Je peux grogner comme un véritable sanglier. Je peux parler le bourdon, le grillon et, croyez-moi, même croasser. Dans un jardin désert je serais capable de parler philosophie avec les magnolias.

Il a épluché une des mangues avec un couteau suisse, l'a coupée en deux et m'a offert le plus gros morceau. Il a mangé le sien. Il m'a raconté que dans une petite île du Pacifique, où il avait vécu quelques mois, le mensonge était considéré comme le pilier le plus solide de la société. Le ministère de l'Information, institution vénérée, presque sacrée, était chargé de créer et de propager de fausses nouvelles. Une fois lâchées dans la foule, ces nouvelles grandissaient, prenaient des formes neuves, éventuellement contradictoires, générant de larges mouvements populaires et dynamisant la société. Imaginons que le chômage atteigne un niveau considéré comme dangereux. Le ministère de l'Information, ou, simplement, le ministère, faisait circuler des informations selon lesquelles on avait trouvé du pétrole dans les eaux profondes, mais toutefois encore dans les eaux territoriales du pays. La possibilité d'une explosion économique imminente revitalisait le commerce, les techniciens expatriés regagnaient le pays, désireux de collaborer à la reconstruction, et en quelques mois naissaient de nouvelles entreprises et de nouveaux emplois. Les choses ne se passaient pas toujours, bien sûr, comme les spécialistes l'avaient prévu. Une fois, par exemple, le ministère, qui, en dépit de son nom, avait toujours été une structure indépendante du pouvoir politique, avait fait courir sur un opposant, dans l'intention de détruire sa carrière, le bruit qu'il entretenait une relation extraconjugale avec une célèbre chanteuse anglaise. La rumeur s'était amplifiée et avait pris de la vigueur, de telle sorte que l'opposant avait divorcé de son épouse, s'était marié avec la chanteuse (qu'il ne connaissait même pas auparavant), avait acquis par là une énorme popularité et avait été élu, des années plus tard, président du pays.

– L'impossibilité de contrôler les rumeurs, a-t-il conclu, est la principale vertu de ce système. C'est cela qui confère au ministère une nature quasi divine. Échec au roi !

J'ai compris que j'avais perdu la partie. J'ai décidé de prendre des risques et je lui ai offert ma dame.

– Félix Ventura dit qu'il croit à tout ce qui semble impossible, et que c'est pour ça qu'il croit en vous...

– Il dit ça ?

– Oui. Moi, je n'y crois pas. Ni à vous ni à Angela Lúcia. Chaque fois qu'au moins deux événements se rencontrent sans que nous sachions pourquoi, nous disons que c'est le hasard, la coïncidence. Ce que nous appelons hasard, nous devrions peut-être l'appeler ignorance. Cela ne vous surprend pas que deux photographes, un homme et une femme, qui ont en commun une longue expérience d'exil, rentrent au pays précisément au même moment ?

– Moi, non, en fin de compte je suis l'un de ces photographes. Mais je trouve normal que vous, ça vous étonne. Les coïncidences, mon ami, produisent de l'étonnement de la même façon, et avec le même détachement, que les arbres produisent de l'ombre, échec et mat.

J'ai renversé mon roi (le roi blanc), et je me suis réveillé.

DES PERSONNAGES RÉELS

Le ministre est en train d'écrire un livre. *La Vraie Vie d'un combattant*, un épais volume de mémoires qu'il a l'intention de faire publier avant Noël. Pour être plus précis, la main avec laquelle il écrit est louée – elle s'appelle Félix Ventura. Mon ami consacre une bonne partie de la journée, et même de la nuit, à ce travail. Dès qu'il a terminé un chapitre il le lit au futur auteur, ils discutent de tel ou tel détail, l'albinos prend note des remarques, corrige ce qu'il y a à corriger, et ils avancent ainsi. Félix coud la réalité à la fiction, habilement, minutieusement, de façon à respecter les dates et les événements historiques. Le ministre dialogue dans son livre avec des personnages réels (dans certains cas avec des Personnages Royaux) et il convient que ces personnages, demain, croient qu'ils ont échangé avec lui, réellement, des confidences et des opinions. Notre mémoire se nourrit, dans une large mesure, de ce que les autres se rappellent de nous. Nous avons tendance à nous approprier les souvenirs des autres, y compris ceux qui sont fictifs.

– C'est comme le Castel São Jorge, à Lisbonne, tu connais ? Il a des créneaux, mais les créneaux sont faux. António de Oliveira Salazar a ordonné qu'on ajoute les créneaux au château pour qu'il soit plus véridique. Un château sans créneaux lui paraissait une erreur, allez savoir, quelque chose de même vaguement monstrueux, comme un chameau sans bosse. C'est ce qu'il y a de faux aujourd'hui dans le Castel São Jorge qui le rend vraisemblable. Plusieurs octogénaires lisboètes avec qui j'ai discuté sont convaincus qu'ils ont toujours vu des créneaux au château. C'est amusant, tu ne trouves pas ? S'il était authentique, personne n'y croirait.

Dès que *La Vraie Vie d'un combattant* sera publiée, l'histoire de l'Angola prendra une autre consistance, ce sera davantage de l'Histoire. Le livre servira de référence à de futurs ouvrages qui traitent de la lutte de libération nationale, des années troublées qui ont suivi l'Indépendance, du large mouvement de démocratisation du pays. Je donne quelques exemples :

1) Au début des années 60 le ministre était un jeune employé des Postes à Luanda. Il tenait la batterie dans un groupe de rock, Les Innommables. Il s'intéressait davantage aux femmes qu'à la politique. Ça c'est la vérité, ou plutôt, la vérité prosaïque. Dans le livre, le ministre révèle que déjà à cette époque il se consacrait à l'activité politique, combattant dans la clandestinité, dans la clandestinité totale, même, le colonialisme portugais. Encouragé par le sang impétueux de ses ancêtres – il se réfère souvent à Salvador Correia de Sá e Benevides – il avait créé à la poste une cellule de soutien aux mouvements de libération. Le groupe s'était spécialisé dans la distribution de tracts glissés dans la correspondance adressée aux fonctionnaires coloniaux. Trois de ses membres, dont le ministre, avaient été dénoncés à la police politique portugaise et emprisonnés le 20 avril 1974. Cinq jours plus tard, la révolution des œillets leur avait sans doute sauvé la vie.

2) Le ministre avait quitté l'Angola en 1975, quelques semaines avant l'Indépendance, et s'était réfugié à Lisbonne. Il était toujours plus intéressé par les femmes que par la politique. Acculé par la faim, il avait publié une annonce dans un journal populaire : "Maître Marimba traite le mauvais œil, la jalousie, les maladies de l'âme. Succès garanti en

amour et en affaires." Plus qu'une annonce, ç'avait été une prémonition. Il s'était enrichi (pure magie) en quelques mois. Les femmes se pressaient par dizaines dans son cabinet de consultation. La plupart souhaitaient récupérer l'attention de leur mari, les éloigner de leurs maîtresses, reconstruire un mariage raté. D'autres voulaient simplement que quelqu'un les écoute. Il les écoutait. Les clientes le payaient, a expliqué le ministre, en fonction de leurs moyens respectifs. Celles qu'il avait guéries lui offraient des vestes de laine pour affronter le froid de l'hiver, des œufs frais, des compotes. Les plus argentées lui mettaient dans la main de gros chèques, faisaient livrer chez lui des appareils électroménagers, de bonnes chaussures, des vêtements de marque. Une blonde magnifique, mariée à un célèbre joueur de football, s'était offerte à lui, et à la fin elle lui avait laissé les clés de sa voiture, avec le coffre plein de bouteilles de whisky. Après les premières élections le ministre était rentré à Luanda, et avec le capital amassé pendant tant d'années passées à consoler des femmes mal mariées, il avait fondé une chaîne de boulangeries, les Boulangeries Union Marimba. Ça, c'est la vérité que le ministre a racontée à Félix. Pour l'Histoire, il restera la vérité que Félix a fait raconter au ministre : en 1975, déçu par la tournure que prenaient les événements et parce qu'il se refusait à participer à une guerre fratricide ("Ce n'était pas ce que nous avions prévu"), le ministre s'était exilé au Portugal. Inspiré par les enseignements de son grand-père paternel, un homme sage qui possédait une connaissance approfondie des plantes médicinales d'Angola, il avait fondé à Lisbonne une clinique consacrée aux médecines alternatives africaines. Il était rentré dans sa patrie en 1990, la guerre civile terminée, avec la ferme intention de contribuer à la reconstruction du pays. Il voulait donner au peuple son pain quotidien. Et c'est ce qu'il avait fait.

3) Le retour du ministre marque également le début de son engagement politique. Il a commencé par payer les faveurs de quelques membres des soi-disant structures, dans le but d'accélérer la légalisation de ses boulangeries, et peu de temps après il fréquentait les demeures des ministres et des généraux. Deux ans lui ont suffi pour être nommé lui-même Secrétaire d'État à la Transparence Économique et au Combat contre la Corruption. Dans *La Vraie Vie d'un combattant*, le ministre explique comment, uniquement mû par de grands principes patriotiques et sérieux, il a accepté ce premier défi. Aujourd'hui, il est ministre de la Panification et des produits laitiers.

ANTICLIMAX

Il existe des gens qui font preuve, très tôt dans leur vie, d'un immense talent pour la malchance. Le malheur les atteint comme un jet de pierre, un jour sur deux, et ils le reçoivent avec un soupir résigné. Il y en a d'autres, au contraire, qui ont une étrange propension au bonheur. Ceux-ci sont attirés par l'azur, ceux-là par l'ivresse des profondeurs. Il y a des gens prédestinés à rêver (certains sont bien payés pour ça) ; il y a des gens qui sont nés pour travailler, pragmatiques, concrets et infatigables, et des gens qui, comme des fleuves, vont de la source à l'embouchure pratiquement sans jamais quitter leur lit. Le cas de José Buchmann me semble plus rare : il est enclin à l'étonnement. Il aime étonner les autres. Il aime être étonné :

– Un jour quelqu'un m'a dit : *tu n'es qu'un aventurier.* Il m'a dit ça avec mépris, comme s'il me crachait dessus. Et pourtant, je crois qu'il a vu juste. Je recherche l'aventure, c'est-à-dire, l'imprévu, tout ce qui m'éloigne de l'ennui, comme d'autres recherchent l'alcool ou le jeu. C'est un vice.

Félix Ventura le regarde avec un scepticisme provocant. Il veut lui poser la question évidente : *vous avez retrouvé la trace de votre mère ?* Mais il sait aussi que c'est la voie de la capitulation. Il m'a raconté, la dernière fois que nous avons rêvé, le cas d'un ami, l'acteur Orlando Sérgio, que l'on confond généralement dans la rue avec le personnage qu'il joue dans une série télévisée très populaire. Les gens lui donnent l'accolade, le félicitent ou lui font des reproches, approuvant ou contestant les attitudes du personnage. Peu d'entre eux le connaissent sous son véritable nom. Certains se fâchent lorsque, pour échapper aux sermons et aux réprimandes, il invoque sa condition d'acteur :

– Je m'appelle Orlando Sérgio. Vous me confondez avec...

– Ne jouez pas comme ça avec moi, *cota,* ne jouez pas comme ça ! Écoutez plutôt mon conseil, ne vous énervez pas, alors comme ça je ne sais pas qui vous êtes ?

Félix sent qu'il est en train de tomber dans un piège semblable. José Buchmann est arrivé hier d'Afrique du Sud. Il est arrivé déguisé en colonel Tapioca, tout vêtu de kaki, avec un bermuda large et un gilet plein de poches. À mesure qu'il parle, il sort de ces poches, avec la désinvolture d'un prestidigitateur qui tire des lapins de son chapeau, divers objets :

a) Un petit crapaud en bronze.

– Joli, n'est-ce pas ? Non ? Vous n'aimez pas les crapauds ? Eh bien, mon cher, moi je les aime. Vous savez que dans différentes cultures le crapaud est un symbole de transformation, de métamorphose spirituelle, qui représente le passage à un état supérieur de conscience. Ceci est dû, c'est évident, au processus complexe de métamorphoses auquel le crapaud est soumis, mais aussi, du moins chez certaines peuplades indigènes des Amériques, aux propriétés hallucinogènes d'un venin sécrété par certaines espèces. Celui-ci est un *Bufo alvarius*, un crapaud du désert de Sonora. Je l'ai acheté chez un antiquaire, au Cap. Il était en vitrine et je suis entré pour l'acheter, parce que je m'intéresse aux crapauds. Si je ne m'intéressais pas aux crapauds, si je n'étais pas entré dans cette boutique, je n'aurais pas trouvé ceci :

b) Une aquarelle, un peu plus grande qu'une carte postale.

– Ce sont des gazelles qui fuient. Regardez l'herbe en mouvement, les gazelles flottant sur l'herbe, on dirait une danse. Maintenant, remarquez la signature, là dans ce coin, vous arrivez à lire ? Eva Miller. Et enfin regardez la date : 15 août 1990. Extraordinaire, n'est-ce pas ?

J'ai compris que Félix avait peur. Il a saisi l'aquarelle entre ses doigts, avec précaution, comme s'il craignait que l'invraisemblance de l'objet ne compromette sa propre matérialité.

– C'est impossible. (Il a secoué la tête.) Je ne sais pas où vous voulez en venir. Je trouve incroyable que vous ayez pu aller si loin…

– Ça alors ! Vous croyez que je l'ai peinte moi-même ? Non, non ! Ça s'est passé exactement comme je vous le dis. Je l'ai trouvée en vente chez un antiquaire, au Cap, cachée au milieu de dizaines d'illustrations du même genre. J'ai passé l'après-midi à rechercher d'autres aquarelles signées par elle, mais rien, malheureusement je n'en ai pas trouvé d'autre. L'antiquaire avait acheté un lot à un Anglais qui avait décidé de quitter le pays peu après la victoire de Nelson Mandela. Il a perdu sa trace.

– Alors, vous n'avez pas réussi à en savoir plus sur Eva Miller ?

José Buchmann n'a pas répondu tout de suite. D'une autre poche, de l'intérieur du gilet, il a sorti :

c) Un mince paquet de photographies en couleur.

– Regardez. Cet immeuble correspond à l'adresse de la lettre qu'Eva Miller a envoyée à Maria Duncan. Il est situé dans un quartier habité par la moyenne bourgeoisie blanche. Vous êtes déjà allé au Cap ? C'est un endroit bizarre.

Imaginez un grand *shopping centre*, moderne, avec de grands palmiers qui décorent les halls. Les palmiers sont magnifiques. Ils sont en plastique, mais on ne peut s'en apercevoir qu'en les touchant. Le Cap me fait penser à un palmier en plastique. Une ville impressionnante, je vous le dis, très propre, très ordonnée. C'est un leurre auquel on a envie de croire. Voici l'homme qui habite à présent l'appartement dans lequel a vécu ma mère. Vous avez remarqué les cicatrices ? Dans les années 80 il vivait à Maputo. C'était un gros bonnet du parti communiste d'Afrique du Sud. Un soir il est monté dans sa voiture, il a mis le contact, et boum ! une terrible explosion, il a perdu un œil et les deux jambes. Je l'ai trouvé sympathique. C'est un de ces types qui, ayant lutté toute leur vie contre l'apartheid, n'ont pas réussi à s'adapter vraiment bien au pays de l'arc-en-ciel. Il se plaint de ce que personne ne défende plus d'idéaux, il pense que le triomphe du modèle capitaliste a perverti le peuple, la démocratie et ses lois libérales le mettent en colère, mais ce qu'il regrette en réalité, c'est sa jeunesse perdue, et son œil et ses deux jambes. Il n'avait jamais entendu parler d'Eva Miller. Mais le propriétaire, sur cette autre photo, un Boer, un petit vieux presque centenaire, lui, oui, se souvient parfaitement de ma mère.

Je m'étais placé exactement au-dessus d'eux, pendu au plafond, la tête en bas, de sorte que je pouvais tout observer en détail. Félix a allumé la lampe pour examiner les photographies. Le portrait du vieux Boer (en noir et blanc, comme d'ailleurs tous les autres clichés) était excellent. Il était assis sur un austère fauteuil en bois sombre. Une lumière oblique, délicate, tombait sur la moitié droite de son visage, éclairant le silence qui était en lui. Dans le coin inférieur droit, on distinguait, pratiquement noyée dans la pénombre, la silhouette nerveuse de l'un de ces petits chiens dont les bourgeoises apprécient la compagnie et qui moi m'ont toujours énervé, parce qu'ils ressemblent davantage à des rats apprivoisés qu'à des chiens.

– Vous aimez la photo ? Moi aussi. (José Buchmann a souri.) Les meilleurs portraits sont ceux qui réussissent à résumer une personnalité, ce sont ceux qui résument une époque. Bien, ce *cota*, cet Ancien, m'a reçu avec une certaine méfiance, il n'a pas gaspillé beaucoup de salive pour moi, mais par contre il m'a offert une fin pour ma tribulation. Vous voulez voir ?

d) Une coupure du journal *Le Siècle*, de Johannesburg.

– Vous êtes prêt ? Je pense qu'on peut appeler ça une douche froide. Vous me direz. Lisez !

Félix a obéi :

“Mort d'Eva Miller. L'artiste peintre américaine Eva Miller est morte cet après-midi dans sa résidence de Sea Point, au Cap. Mme Miller, qui a vécu dans le sud de l'Angola et parlait parfaitement notre langue, était une figure respectée dans la communauté portugaise d'Afrique du Sud. Ces dernières années, elle partageait son temps entre Le Cap et New York. La cause de son décès n'est pas encore connue.”

La mémoire est un paysage contemplé depuis un train en mouvement. Nous voyons monter au-dessus des acacias la lumière de l'aube, les oiseaux qui picorent le matin, comme un fruit. Nous voyons, au loin, un fleuve serein et la forêt qui l'enlace. Nous voyons le bétail qui paît lentement, un couple qui court main dans la main, des enfants qui dansent le football, le ballon qui brille dans le soleil (un autre soleil). Nous voyons les lacs tranquilles où nagent les canards, les fleuves aux eaux lourdes où les éléphants étanchent leur soif. Ce sont des choses qui se produisent sous nos yeux, nous savons qu'elles sont réelles, mais elles sont lointaines, nous ne pouvons les toucher. Certaines sont déjà si loin, et le train avance si vite, que nous ne sommes pas sûrs qu'elles se sont réellement produites. Peut-être les avons-nous rêvées. Je n'ai plus de mémoire, disons-nous, et ce n'est que le ciel qui s'est obscurci. C'est cela que j'éprouve lorsque je pense à mon incarnation précédente. Je me souviens de faits sans suite, incohérents, de fragments d'un vaste rêve. Une femme dans une fête, déjà à la fin de la fête, dans cet état de vague ébriété de fumée, d'alcool, de pure lassitude métaphysique, m'attrapant par le bras, me murmurant à l'oreille :

– Vous savez, ma vie ferait un roman, pas un roman quelconque, un grand roman…

Je crois que cela a dû arriver plus d'une fois. La plupart de ces gens, j'en suis sûr, n'ont jamais lu un grand roman. Je sais aujourd'hui, je pense que je le savais déjà auparavant, que toutes les vies sont exceptionnelles. Fernando Pessoa a transformé la biographie prosaïque d'un petit employé de bureau en un *Livre de l'intranquillité* qui est peut-être l'œuvre la plus intéressante de la littérature portugaise. En entendant, il y a quelques jours, Angela Lúcia avouer l'insignifiance de sa vie, j'ai eu envie de mieux la connaître. Si une femme m'avait un soir attrapé par le bras pour me dire une chose pareille, *vous savez, il n'y a rien de remarquable dans ma vie, j'existe le moins possible*, peut-être que j'en serais tombé amoureux. Contrairement à ce que sont arrivé à insinuer certains de mes ennemis, soutenus, secrètement, par plusieurs de mes amis, je me suis toujours intéressé aux femmes. J'aimais les femmes. J'avais l'habitude de sortir avec de proches amies pour de longues promenades à pied. Je les enlaçais pour leur dire au revoir, et le parfum de leurs cheveux, le contact de leurs seins durs m'excitaient. Pourtant, si l'une d'elles prenait l'initiative de m'embrasser, ou de me proposer quelque chose de plus osé qu'un baiser, je me souvenais de Dagmar (Aurora, Alba ou Lúcia) et j'étais pris de panique. J'ai vécu de très longues années prisonnier de cette terreur.

José Buchmann est arrivé ce soir en compagnie d'un vieillard à la longue barbe blanche, à la tignasse grisonnante qui lui tombait sur les épaules en tresses sauvages. J'ai reconnu immédiatement en lui le mendiant que le photographe avait poursuivi pendant des semaines, le montrant, sur un cliché extraordinaire, en train d'émerger d'une bouche d'égout. Un dieu antique, vengeur, à la chevelure en bataille et aux sombres yeux de braise.

– Je veux vous présenter mon ami Edmundo Barata dos Reis, ex-agent du ministère de la Sécurité de l'État.

– Ex-gent ! Dites plutôt ex-gent ! Ex-citoyen exemplaire. Exclu exponentiel, excrément existentiel, excroissance exiguë et explosive. En deux mots : clochard professionnel. Enchanté...

Félix Ventura lui a tendu le bout des doigts. Perplexe, dégoûté. Edmundo Barata dos Reis a pris sa main dans les siennes, fermement, longuement, en le regardant de côté (comme un oiseau) et cependant attentif, moqueur, savourant la gêne de l'autre. José Buchmann, vêtu d'une belle veste de bombasin couleur de miel, les bras croisés sur la poitrine, paraissait également amusé. Ses petits yeux ronds luisaient dans la pénombre du salon comme des billes de verre :

– J'ai pensé que vous aimeriez le rencontrer. La vie de cet homme a l'air d'être inventée par vous...

– Pardon ?

– Je-Suis-Tout-Ouïe. C'est comme ça qu'on m'appelait. Mon nom de guerre. J'aimais bien. J'aimais écouter. Et alors, plof! le mur de Berlin nous est tombé dessus. *Popílas*, petit père! Un jour agent, l'autre ex-gent, exclu de la gent humaine.

Félix Ventura a frissonné:

– Vous avez été l'élève du professeur Gaspar?

Edmundo Barata dos Reis a souri, surpris.

– Oh, oui, oui. Vous aussi, camarade?

Les deux hommes se sont donné l'accolade avec une joie sincère. Ils ont échangé des souvenirs. Barata dos Reis, plus âgé que Félix de deux bonnes années, avait fréquenté les cours du professeur Gaspar à une époque où les étudiants noirs se comptaient sur les doigts de la main au lycée Salvador Correia. Après avoir terminé le lycée, il avait trouvé un emploi dans les services météorologiques. Arrêté en 1960 et quelque, accusé de tenter d'établir à Luanda un réseau terroriste, il avait passé sept ans dans le camp de concentration de Tarrafal, au Cap Vert. "Un poulailler, a-t-il résumé, mais la plage était belle." Peu de temps après l'Indépendance, tout le monde le connaissait, amis et ennemis, et il y avait toujours eu plus des premiers que des seconds, sous le nom de M. Je-Suis-Tout-Ouïe. Deux ans à La Havane, neuf mois à Berlin (Est), six autres à Moscou, et ainsi, une fois l'acier trempé, il était revenu à la solide tranchée du socialisme en Afrique.

– Un communiste! Vous me croyez? Je suis le dernier communiste au sud de l'équateur…

C'est cette obstination qui l'avait perdu. Il s'était transformé en quelques mois en gêneur idéologique. En un type encombrant. Il n'avait pas honte de crier "je suis communiste!", à un moment où ses chefs ne faisaient plus que murmurer, tout bas, "j'ai été communiste", et il a continué à hurler “je suis communiste, oui, je suis totalement marxiste-léniniste!”, même après que la version officielle s’était mise à nier le passé socialiste du pays.

– J’en ai vu des choses, petit père!

José Buchmann s’était assis, les jambes croisées, sur le grand fauteuil de rotin que l’aïeul de Félix avait rapporté du Brésil. Il a fourré la main droite dans la poche intérieure de sa veste, en a sorti un étui en argent, l’a ouvert, a trié lentement le tabac et s’est roulé une cigarette. Un sourire malicieux a éclairé son visage:

– Raconte-lui ce que tu m’as raconté à moi, Edmundo, l’histoire du Président...

Edmundo Barata dos Reis l’a regardé dans un silence grave, indigné, en tirant violemment sur les poils de sa barbe. J’ai pensé un instant qu’il allait se lever. J’ai craint de le voir s’en aller. José Buchmann a haussé les épaules:

– Tu peux parler, caramba! Il n’y a pas d’embrouille. Félix ici présent est un type super. Il est de la famille. D’ailleurs, vous avez tous les deux été élèves de ce professeur Gaspar, non? Ça, ça veut dire quelque chose. Félix m’a dit que c’était comme appartenir à la même tribu...

– Ils ont remplacé le Président par un sosie.

Edmundo Barata dos Reis a dit ça d’un trait et puis il s’est tu. Ses yeux ont voleté, affolés, dans la pièce. On aurait dit un moineau qui cherchait une fenêtre ouverte, une lumière, un petit morceau de ciel par où s’échapper. Il a baissé la voix:

– Ils ont remplacé le vieux. Ils ont mis un double à sa place, un guignol, je sais pas comment dire, une merde de réplique.

– Foutre!

Félix a éclaté de rire. Je ne l’avais jamais entendu dire des obscénités. Je ne l’avais jamais non plus entendu rire ainsi, avec une telle violence. José Buchmann a pris peur. Puis il l'a imité. Ils ont ri tous les deux. Nous avons ri tous les trois. Un fou rire entraînant l'autre. Enfin, Félix s'est calmé.

– Alors nous avons un président d'opérette, a-t-il dit, en séchant ses larmes avec un mouchoir. Je m'en doutais déjà. Nous avons un gouvernement de carnaval. Un système judiciaire de carnaval. Nous avons, en bref, un pays de carnaval. Mais dites-moi : qui a remplacé le président ?

Edmundo Barata dos Reis avait rétréci sur sa chaise. Il ne faisait plus penser à un dieu, encore moins à un dieu guerrier, il avait plutôt l'air d'un chien humilié. Il puait. Une odeur d'urine, de feuilles et de fruits en décomposition. Il s'est levé et, au lieu de répondre à l'albinos, il s'est tourné vers José Buchmann, le doigt tendu :

– Cette façon de rire… J'observe cette façon de rire, petit père, et je vois quelqu'un d'autre, il y a longtemps, très longtemps. Dans un autre temps. Au temps jadis. Nous ne nous connaissons pas ?

– Je ne crois pas. (Le photographe était tendu), Je suis de Chibia. Vous êtes de Chibia ?

– Qu'est-ce que c'est que cette histoire, petit père ? Je suis un pur Luandais…

– Alors, ce n'est pas possible.

– Oui, a confirmé Félix Ventura, Buchmann vient de la province, du Sud profond. C'est un gars de la cambrousse…

– De la cambrousse ? Notre cambrousse ressemble à un jardin. C'est vos jardins, ici à Luanda, le peu qu'il y en a, qui ressemblent à la cambrousse…

– Du calme. À bas le tribalisme. À bas le régionalisme. Vive le pouvoir populaire, ce n'est pas ce qu'on disait avant ? Ce que je voudrais, c'est que le camarade Edmundo ici présent réponde à ma question. Finalement, qui a remplacé le Président par un double ?

Edmundo Barata dos Reis a soupiré profondément :

– Les Russes, je pense. Peut-être les Israéliens. La mafia de l'armement, le Mossad, qu'est-ce que j'en sais, les deux calamités ensemble.

– Peut-être. C'est possible. Et comment vous avez découvert le coup ?

– Je connais le double. C'est moi qui l'ai engagé ! J'en ai engagé d'autres aussi. Le vieux n'apparaissait jamais en public. C'étaient ses sosies qui se montraient. Celui-là, le Trois, il a toujours été le meilleur. Le seul qui était capable de parler sans attirer les soupçons, les autres ne prenaient pas la parole, on ne s'en servait que comme figurant dans les cérémonies. Le Trois était un cas à part, un talent rare, un véritable acteur, j'ai participé à sa formation. Ça nous a pris cinq mois. Il a appris rapidement. Comment se déplacer, comment s'adresser aux gens, le ton de voix, le protocole, la biographie du Vieux, tout ça. C'était parfait. Ou presque ; le *muadié* avait un problème, je veux dire, il a un problème, il est gaucher. On dirait d'ailleurs le reflet du Président dans le miroir. C'est pour ça que je l'ai reconnu. Vous ne vous êtes pas aperçus que le président était devenu gaucher ? Non, vous ne vous en êtes pas aperçus. Personne ne l'a remarqué.

– Quand est-ce que vous avez découvert ça ?

– Ça fait un an, un an et quelque.

– Vous travailliez encore pour la Sécurité ?

– Moi ? Mec, ça fait plus de sept ans que je vis dans la rue. Vous voyez ce T-shirt ? C'est devenu ma peau. C'est un T-shirt du parti communiste de l'Union des Républiques socialistes soviétiques. Je l'ai enfilé le jour où ils m'ont mis dehors et je ne l'ai plus jamais quitté. J'ai juré que je ne le quitterai pas tant que la Russie ne serait pas redevenue communiste. Maintenant, même si je voulais l'enlever je ne pourrais pas. C'est devenu ma peau, vous comprenez ? J'ai la faucille et le marteau tatoués sur la poitrine. Ça ne partira plus.

Ça ne partait vraiment plus. Félix Ventura le regardait, abasourdi. José Buchmann souriait comme pour dire "et alors, ce n'est pas un cas?". Edmundo Barata dos Reis avait repris sa posture de dieu guerrier antique. Il a secoué ses épaisses tresses grisâtres, avec violence, répandant autour de lui une terrible puanteur.

– De la soupe? a-t-il demandé. Vous avez pas de la soupe?

– Il est fou! a assuré Félix Ventura après le départ d'Edmundo Barata dos Reis. Il l'a répété encore une fois ou deux, fermement. Il n'était pas disposé à perdre davantage de temps sur le sujet. Toutefois, José Buchmann a insisté:

– J'ai vu des choses plus bizarres.

– Écoutez, il est complètement malade. Il a perdu la boule. Vous êtes resté longtemps à l'étranger, à voyager, vous n'avez pas idée de ce que nous avons vécu dans ce maudit pays. Luanda est plein de gens qui ont l'air très lucides et qui tout à coup se mettent à parler des langues impossibles, ou à pleurer sans raison apparente, ou à rire, ou à lancer des imprécations. Certains font tout ça à la fois. Il y en a qui se croient morts. D'autres qui sont morts pour de bon et que personne n'a encore eu le courage de prévenir. Certains croient qu'ils peuvent voler. D'autres y croient tellement qu'ils volent pour de bon. C'est une fête des fous, cette ville, il y a par ici, dans ces rues pleines de décombres, dans ces quartiers aux alentours, des pathologies qui n'ont même pas encore été répertoriées. Ne prenez pas tout ce qu'on vous dit au sérieux. D'ailleurs, vous voulez un conseil? Ne prenez personne au sérieux.

– Peut-être qu'il n'est pas vraiment fou. Peut-être qu'il joue au fou.

– Je ne vois pas la différence. Un individu qui a choisi de vivre dans la rue, dans une bouche d'égout, qui croit à la reconversion de la Russie au communisme, et qui par-dessus le marché veut qu'on le prenne pour un fou, pour moi, c'est un fou.

– Peut-être que oui. Peut-être que non. José Buchmann avait l'air déçu : j'aimerais le connaître mieux.

– Nous avons vécu des années difficiles ici.

Félix a soupiré. Il faisait une chaleur étouffante. L'humidité collait aux murs. Lui, pourtant, il était assis dans le grand fauteuil de rotin, très droit, vêtu d'un costume bleu marine bien coupé, qui rehaussait l'éclat de sa peau. Il transpirait la dignité. En face de lui, lovée sur un coussin de soie, vêtue d'un chemisier à fleurs et un short rouge, Angela Lúcia l'écoutait en souriant.

– Il y a eu une époque où je faisais tout moi-même parce que je ne pouvais pas payer une employée. Je faisais le ménage, la lessive, la cuisine, je m'occupais des plantes. Il n'y avait pas d'eau non plus, et j'étais obligé d'aller en chercher, avec un bidon sur la tête, comme une marchande ambulante, dans un trou qu'on avait fait dans le goudron, là, dans le virage en allant vers le cimetière, au bout de la rue. J'ai supporté ces années parce que j'avais Ventura. Je criais : *Ventura, va faire la vaisselle*, et il y allait. Je criais : *Ventura, va chercher encore de l'eau*, et il y allait.

– Ventura ?

– Moi-même, Ventura. C'était mon double. Il y a toujours une période de notre vie où nous avons recours à un double.

Angela Lúcia avait trouvé amusante la théorie de Edmundo Barata dos Reis. L'idée des sosies l'enthousiasmait. Ils avaient regardé plusieurs cassettes où apparaissait le Président. Félix Ventura, je crois l'avoir déjà dit, possède une collection de plusieurs centaines de cassettes vidéo. Ils ont constaté, surpris, que dans les enregistrements les plus anciens le vieux signe les documents de la main droite. Dans les plus récents, il se sert toujours de la gauche. Angela Lúcia a aussi remarqué que sur certaines images il a une petite verrue sous l'œil gauche. Dans d'autres non.

– Il a pu la faire enlever, a objecté Félix. Les gens, maintenant, font disparaître les signes distinctifs de leur corps aussi facilement qu'ils lavent une tache d'encre.

Angela a observé que le Président à la verrue apparaissait dans des enregistrements antérieurs, mais aussi dans d'autres, postérieurs au Président sans verrue.

– Ce ne peut être qu'un des doubles !

Ils sont restés toute la soirée à s'amuser à ce jeu. Au bout de cinq heures, tard dans la nuit, ils avaient identifié au moins trois doubles, celui à la verrue, un autre avec une légère calvitie et un troisième qui, Angela le jurait, avait dans les yeux un calme reflet de mer.

– En matière de reflets je ne discute pas avec toi, a dit Félix. C'est alors qu'il s'est rappelé l'épisode de Ventura, le double : crois-moi. Nous avons vécu des années difficiles ici.

La jeune femme a voulu savoir comment il avait fait, à cette époque, pour survivre. Félix a haussé les épaules. Je vivais mal, a-t-il murmuré, au début je louais des romans, Eça, Camilo, Jorge Amado, parce que rares étaient les gens qui avaient de l'argent pour les acheter. Plus tard je me suis mis à envoyer des colis de livres à Lisbonne, et mon père les vendait aux bouquinistes ou à des clients choisis. Fausto Bendito Ventura avait réussi à acheter d'excellentes bibliothèques pour trois fois rien, à des colons désespérés, dans les mois troubles qui avaient précédé l'Indépendance. Il avait échangé une bague en argent contre une collection reliée de journaux angolais du XIXe siècle. Il avait une bibliothèque médicale, en bon état, composée de plus de cent volumes, qui lui avait coûté une cravate en soie, et pour une demi-douzaine de dollars il avait récupéré quinze caisses pleines de livres d'Histoire. Des années plus tard certains des anciens colons avaient fini par lui racheter les livres, expédiés par paquets de dix, pour leur prix réel.

– C'est finalement devenu une bonne affaire.

La chaleur irradiait du sol. Un souffle humide entrait par les fentes sous les portes, en vagues lentes, charriant l'odeur salée de la mer et sa rumeur, l'étonnement des poissons, la faible clarté de la lune. Angela Lúcia avait la peau luisante. Le chemisier collé aux seins. Félix n'avait pas quitté sa veste. Il devait être en train de cuire à l'intérieur. Je n'avais envie que d'une fente fraîche où plonger. Je suis allé jusqu'à la cuisine ; là en haut, de la vitre la plus haute, on voyait, par-delà le mur du jardin, le bourdonnement lumineux des quartiers, puis un vaste gouffre noir et les étoiles. Le gouffre noir était la mer. Je suis resté un bon moment à la regarder. J'ai imaginé que je me noyais dans le silence, à l'aveuglette, comme autrefois, le cœur battant, les mains ouvrant l'eau, un froid agréable sur les pieds, qui montait le long des jambes jusqu'à la taille. Cela m'a rafraîchi. Quand je suis retourné au salon, j'ai vu que Félix avait quitté sa veste et s'était assis sur les coussins, devant la télévision, les bras autour d'Angela. Le ventilateur du plafond envoyait l'air tiède, à coups de pales indolents, contre les murs. Une poussière séculaire, des acariens, de vieilles âmes d'écrivains se détachaient des gros livres et dansaient dans l'air, comme une brume épaisse, comme un rêve vague, illuminés par les éclairs de la télévision. Des images sans son, en noir et blanc, du Président présidant une réunion. Le Président levant le poing. Le Président, en survêtement, jouant au football. Le Président saluant d'autres présidents. Puis, en couleur, des images du Président inaugurant un parc. "Parc des ex-Héros de Chaves", lisait-on sur la plaque. Angela a ri. Félix a ri. Le Président a coupé le ruban. Félix s'est tourné vers la jeune femme et l'a embrassée sur les lèvres. Je l'ai vue, non sans étonnement, fermer les yeux et accepter le baiser. Je l'ai entendue gémir. L'albinos a essayé de lui enlever son chemisier. Elle l'en a empêché.

– Non. Pas ça. Ne fais pas ça.

Elle a levé les jambes, en un geste gracieux, et a ôté son short. Son chemisier, collé au corps, laissait deviner ses seins ronds, aux mamelons dressés, et son ventre lisse. Puis elle a roulé sur elle-même, se mettant à genoux au-dessus de Félix. Ses épaules, de larges, de belles épaules de nageuse, faisaient paraître sa taille plus fine. Mon ami a soupiré :

– Tu es si belle…

Angela lui a saisi la nuque à deux mains et l'a embrassé. Un long baiser.

À moi, il m'a coupé le souffle.

La Mère était un peu plus âgée que moi et, évidemment, à mesure que nous vieillissions, l'un à côté de l'autre, toujours l'un à côté de l'autre, cette différence est devenue moins importante. Je pense, de plus, qu'elle vieillissait plus lentement que moi. À partir d'un certain moment, si nous sortions ensemble, des gens disaient d'elle, en s'adressant à moi, "votre épouse". Peut-être, si j'avais vécu plus longtemps, aurait-on fini par la prendre pour ma fille. Je crois que ces petites équivoques lui plaisaient. Elle s'obstinait à m'appeler *mon petit.* Jusqu'au jour où, presque centenaire, elle a décidé de mourir, elle a contrôlé les rênes de mon existence.

– Tu ne dois pas rentrer tard à la maison, mon petit.

Et moi, à quatre-vingts ans et des poussières, je vivais dans la terreur de rentrer après minuit. Lorsque j'allais me promener avec une amie, je me sentais obligé de téléphoner à la maison toutes les demi-heures pour que la Mère ne s'inquiète pas. Elle m'attendait, bien réveillée, vigilante, avec son chat dans les bras.

– Tu ne dois pas boire d'alcool, mon petit.

Et je m'asseyais aux tables des cafés pour boire un verre de lait pendant que mes amis, en se moquant gentiment de moi, se soûlaient au whisky ou à la bière. La Mère s'est aussi efforcée de m'éloigner de toutes les femmes qu'elle soupçonnait de pouvoir, un jour, m'écarter d'elle. Les franchement laides, mais surtout les très bêtes, c'étaient celles-là que la Mère me mettait dans les bras, certaine que je les repousserais. Alors, elle me grondait :

– Tu deviens très exigeant, mon petit. Si tu continues, tu vas rester célibataire.

Je ne vous raconte pas ça dans l'intention de me justifier. Il serait injuste d'attribuer ma misogynie au zèle de la Mère ou à la sévérité de mon pauvre père. J'ai été qui j'ai été parce que j'ai manqué de courage pour être différent. Je vois Félix Ventura faire courir ses doigts sur le corps tremblant de son amour, je le vois souffler des mots doux à ses oreilles, je le vois la porter dans ses bras jusqu'à la chambre (la jeune femme proteste, se débat, crie en riant joyeusement) et la déposer sur le lit. Je le vois, enfin, s'endormir épuisé, et je commence à comprendre comment je suis arrivé ici.

Félix dort, le bras droit sur la poitrine de la jeune femme, la main posée sur son sein. Angela a les yeux ouverts. Elle sourit. Elle se libère avec précaution et se lève. Elle n'enfile que le chemisier à fleurs. Ses jambes sont longues, lisses, incroyablement fines au talon. Elle traverse la chambre sans bruit. Elle écarte la pénombre du bout des doigts, ouvre la porte de la salle de bain, allume et entre. Elle quitte son chemisier. Elle se lave le visage, les épaules, les aisselles. Je remarque qu'elle a dans le dos une série de cicatrices arrondies, sombres, qui se détachent, comme des offenses, sur le velours doré de sa peau. Il me semble voir par le biais du miroir des marques identiques sur les seins et le ventre. Je retourne dans la chambre. Félix murmure quelque chose. Je crois comprendre le mot savane. J'aimerais parler avec lui. Peut-être que si je m'endormais maintenant, je le rencontrerais, dans son costume blanc, de lin écru, coiffé de son beau panama, sous l'un de ces grands baobabs, un *embondeiro,* en quelque endroit de cette savane qu'il traverse en rêve.

Dring, dring!

La sonnette de l'entrée. Dring, dring! Un tintement urgent. Des coups. Dring, dring! Félix saute du lit, blanc et nu comme un spectre, tend la main vers la lampe de chevet et l'allume. Angela Lúcia surgit à côté de lui, effrayée, une serviette enroulée autour du torse:

– Qui c'était?

– Comment? Je ne sais pas, mon amour. Quelqu'un qui frappe à la porte. Quelle heure est-il?

– C'est la nuit. Quatre heures vingt. (Angela dit ça sans consulter sa montre. Puis elle jette un coup d'œil à son poignet et confirme.) C'est ça. Quatre heures vingt. Je ne me trompe jamais. Qui ça peut être?

– Aucune idée!

Dring, dring! Dring, dring!! Des coups. Une voix qui appelle. Félix ouvre l'armoire et en sort une robe de chambre blanche. Il l'enfile. Angela se lève:

– Attends. (La voix rauque, dans un murmure.) N'y va pas !

– Si, j'y vais. Toi, tu restes ici.

Je le suis par le plafond, en courant. Félix jette un regard par la fenêtre du salon. L'obscurité recouvre la terrasse. Dring, dring !!! Il se décide à ouvrir la porte. Edmundo Barata dos Reis lui saute dans les bras, le pousse, ferme la porte.

– Bordel, camarade ! Les types sont après moi. Ils sont vraiment là. Ils vont me tuer.

– Qui est-ce qui veut vous tuer, *popílas* ?! Expliquez-vous.

– Les types !

Il est en caleçon. Pieds nus. Le T-shirt du parti communiste de l'Union des Républiques socialistes soviétiques semble avoir retrouvé, peut-être à cause de la peur, un peu de sa couleur d'origine. Ou alors, c'est vraiment du sang. Edmundo secoue sa tignasse grise. Les yeux lui sortent des orbites. Il court d'un côté à l'autre du salon. Il ferme les persiennes. Félix surveille ses gestes avec impatience.

– Calmez-vous. Asseyez-vous et calmez-vous. Je vais vous faire une tisane.

Il se dirige vers la cuisine. Edmundo le suit. Il ferme les persiennes. Il ferme les volets de la fenêtre. Ce n'est qu'alors qu'il se calme un peu. Il s'assoit sur un banc, les mains appuyées sur la table, pendant que Félix met de l'eau sur le feu.

– De la soupe, vous n'avez pas de la soupe ? J'aimerais mieux une soupe…

Angela Lúcia apparaît à la porte. Elle porte une chemise d'homme, bleue, très large, qui lui arrive presque aux genoux. Elle a dû la prendre dans l'armoire. Elle a aux pieds les pantoufles de Félix, elles aussi trop grandes. Elle a l'air très fragile ainsi vêtue, presque une enfant.

Edmundo est gêné :
– Pardon, petite. Je ne voulais pas déranger…
– Qu'est-ce qui se passe ?
Félix hausse les épaules :
– Ils vont le tuer, Edmundo que tu vois ici. Laisse-moi te présenter. Voici M. Edmundo Barata dos Reis, ex-agent de la sécurité de l'État. Ou ex-gent, d'après lui-même. Je t'ai parlé de lui.
– Qui est-ce qui va le tuer ?
– Ils vont le tuer et ce type veut de la soupe. Va pour une soupe…
Dring, dring ! Dring, dring ! Dring, dring !
Edmundo Barata dos Reis se cache le visage entre les genoux. Félix tremble.
– Du calme. Je vais voir qui c'est. Ne sortez pas d'ici, je vais arranger ça. Angela, ne le laisse pas sortir.
Il retourne au salon. Il soupire et ouvre la porte. J'ai connu, dans ma vie antérieure, des gens comme ça. Ils ont peur du bruit du vent dans les feuilles. Ils ont horreur des blattes, sans parler des policiers, des avocats, et même des dentistes. Pourtant, lorsque le dragon surgit dans la clairière, ouvre la bouche et crache le feu, ils l'affrontent debout. Sereins, froids comme des anges.
– Qu'est-ce que vous voulez ?
José Buchmann fait irruption dans le salon. Il tient un pistolet dans la main droite. Il tremble. Sa voix tremble encore plus que lui :
– Où il est, ce salaud ?
– Donnez-moi d'abord cette arme. Je ne veux pas d'hommes armés dans ma maison…
Il dit ça fermement, sans élever la voix, certain qu'il sera obéi. L'autre, pourtant, l'ignore. Il traverse le couloir à pas rapides et va tout droit à la cuisine. Félix le suit, en protestant.

Je cours. Je ne veux pas manquer le drame. Angela Lúcia est à la porte, les bras ouverts. La porte, c'est elle :

– On ne passe pas ! Elle explose : merde ! De quel enfer vous sortez, à la fin ?

J'entends la voix d'Edmundo Barata dos Reis, qui siffle, affolé, et je ne le vois qu'après. Il est adossé au mur, debout, les bras ballants. Son T-shirt brille, rouge, sur sa poitrine maigre. Le tranchant de la faucille, l'or du marteau scintillent un instant. Puis ils s'obscurcissent.

– C'est ça, petite ! Il est tombé de l'enfer ! Du passé ! Là d'où sortent les excommuniés…

José Buchmann est pris entre Angela, devant lui, et Félix qui, par derrière, lui tient les bras. Son visage est tout contre celui de la jeune femme. Il crie comme un possédé. Il me fait penser, tout à coup, à un colosse. Les veines de son cou se gonflent et battent, tressautent sur son front :

– Exactement, je suis tombé du passé ! Et qui je suis ? Dis-leur qui je suis !…

Il se dégage subitement, en un mouvement impétueux et sauvage, renversant Angela. Il saute sur Edmundo, l'agrippe de la main gauche par le cou et le force à s'agenouiller à ses pieds. Il lui enfonce le canon du pistolet dans le cou :

– Dis-leur qui je suis !

– Un fantôme. Un diable…

– Qui je suis ?

– Un contre-révolutionnaire. Un espion. Un agent de l'impérialisme…

– Mon nom ?

– Gouveia. Pedro Gouveia. J'aurais dû te tuer en 77.

José Buchmann lui donne des coups de pied. Un. Deux. Trois. Quatre. Cinq. Il porte des bottes noires, lourdes, qui font un bruit sourd en frappant le corps. Edmundo ne crie pas. Il n'essaie même pas d'esquiver les coups. Les coups de pied l'atteignent à l'estomac, à la poitrine, à la bouche. Les bottes deviennent rouges.

– Merde! Merde!

José Buchmann, ou José Gouveia, comme on veut, pose le pistolet sur la table. Il saisit un torchon et essuie ses bottes. Il continue à crier *Merde! Merde!* comme si le sang de l'autre lui brûlait les pieds. Puis il s'assoit sur un banc, se cache le visage dans les mains et se met à pleurer très fort, convulsivement, son corps en est tout secoué. Edmundo Barata dos Reis se traîne dans un coin de la cuisine. Il s'assoit, le dos au mur, les jambes allongées. Il sourit:

– Je ne t'ai pas oublié. Je ne l'ai pas oubliée elle non plus, Marta, la jeune Marta Martinho, déguisée en intellectuelle, poétesse, artiste peintre, et que sais-je encore. Elle était enceinte, à la fin de sa grossesse, un ventre énorme. Ronde. Très ronde. Il me semble que je la vois.

Félix, près de la porte qui donne dans le couloir, tenant Angela dans ses bras, regarde la scène, muet d'étonnement. Pedro Gouveia pleure. Je ne sais pas s'il entend ce que dit Edmundo Barata dos Reis. L'ex-agent de la sécurité de l'État, lui, a l'air de s'amuser. Sa voix vibre, ferme, glaciale, dans le silence de la nuit:

– C'est arrivé il y a longtemps, n'est-ce pas? Au temps des combats. (Il désigne Angela.) Je pense que la petite n'était pas encore née. La Révolution était en péril. Une bande de gamins, un ramassis de petits-bourgeois irresponsables, a essayé de prendre le pouvoir par la force. Il nous a fallu être durs. *Ne perdons pas de temps en procès*, a dit le Vieux dans son discours à la nation, et nous n'en avons pas perdu. Nous avons fait ce qu'il fallait faire. Quand une orange pourrit, on l'enlève du panier et on la met à la poubelle. Si on ne la jette pas, toutes les autres pourrissent. On jette une orange, on en jette deux ou trois, et on sauve les autres. C'est ce que nous avons fait. Notre travail était de séparer les bonnes oranges des pourries. Ce type, Gouveia, a pensé que parce qu'il était né à Lisbonne, il s'en sortirait. Il a téléphoné au consul du Portugal, *monsieur le consul, je suis portugais, je suis caché à tel endroit, venez me sauver s'il vous plaît, ainsi que ma femme pendant que vous y êtes, elle est noire mais elle attend un enfant de moi.* Ah ! Ah ! Vous savez ce qu'il a fait, monsieur le consul portugais ? Il est allé les chercher tous les deux et ensuite il les a remis entre mes mains. Ah ! Ah ! Je l'ai beaucoup remercié, le consul, je lui ai dit, vous êtes un véritable révolutionnaire, camarade, je lui ai donné l'accolade, très fort, malgré mon dégoût, bien sûr, ne pensez pas que je n'aie pas de scrupules, j'aurais préféré lui cracher à la figure, mais je lui ai donné l'accolade, oui, je lui ai dit au revoir et puis je suis allé interroger la gamine. Elle a tenu deux jours. Après elle a accouché, sur place, d'une petite fille minuscule, comme ça, de cette taille, du sang, du sang, quand j'y pense je ne vois que du sang. Mabeco, un mulâtre du Sud, mort il y a longtemps, une fin stupide, deux coups de couteau de sang-froid dans un bar de Lisbonne, on n'a jamais su qui c'était, Mabeco a coupé le cordon avec un canif et puis il a allumé une cigarette et il s'est mis à torturer le bébé, en lui brûlant le dos et la poitrine. Du sang, bordel ! Du sang en pagaille, la gamine, cette Marta, avec deux yeux comme des lunes, ça me fait mal rien que d'y penser, et le bébé qui criait, l'odeur de la chair brûlée. Encore maintenant, quand je me couche et que je m'endors, je sens cette odeur, j'entends le bébé qui pleure…

– Taisez-vous !

Félix, dans un cri rauque, d'une voix que je ne lui connaissais pas. Il répète :

– Taisez-vous ! Taisez-vous !

D'où je suis, en haut de l'armoire, je vois son crâne illuminé par une aura de fureur. Il se sépare d'Angela et avance vers Edmundo, les poings fermés, en criant :

– Disparaissez ! Sortez d'ici !

L'ex-agent se lève péniblement. Il se redresse totalement. Il jette un regard de mépris à José Buchmann, en même temps qu'il éclate d'un rire dur :

– Maintenant, je n'ai plus l'ombre d'un doute. C'est bien toi, Gouveia, le fractionniste. L'autre jour, j'ai failli te reconnaître à ta façon de rire. Tu riais beaucoup dans les réunions des fractionnistes, avant que le consul, ton compatriote, t'ait remis entre mes mains. En prison tu ne faisais que pleurer. Tu pleurais beaucoup, beaucoup, comme une femme. Je te regarde pleurer et je vois le petit Gouveia. La vengeance, c'est ce que tu voulais ? Pour ça, il te manque la passion. Il te manque le courage ! Tuer un homme est une affaire d'homme.

Alors,
comme
en un
lent
ballet :
Angela traverse la cuisine,
passe au ras de la table,
de la main droite elle ramasse le pistolet,
de la main gauche elle écarte Félix,
elle vise la poitrine d'Edmundo
et elle tire.

LE CRI DU BOUGAINVILLÉE

Dans le jardin, à l'endroit où Félix Ventura a enterré le corps mince d'Edmundo Barata dos Reis, fleurit maintenant la gloire pourpre d'un bougainvillée. Il a poussé vite. Il recouvre déjà une bonne partie du mur. Il se penche vers le trottoir, au-dehors, dans une exaltation – ou une dénonciation – à laquelle personne ne fait attention. Il y a quelques jours j'ai osé, pour la première fois, sortir dans le verger. J'ai grimpé sur le mur, le cœur battant. Le soleil se réverbérait sur les morceaux de verre. Je me suis glissé entre eux, prudemment, et j'ai regardé le monde. J'ai vu une rue de terre rouge, très large, et des maisons vieilles, fatiguées, qui gâchaient la vue de l'autre côté. Des gens passaient, indifférents aux cris du bougainvillée. Le vaste ciel sans nuages m'a terrorisé, ainsi que le silence lourd de lumière, un groupe d'oiseaux qui volaient en cercles. Je suis retourné, en courant, à la sécurité de la maison. Peut-être que je ressortirai un jour où le temps sera un peu couvert. Le soleil m'étourdit, blesse ma peau, mais j'aimerais observer plus longuement ces gens qui passent.

Félix est triste. Il ne me parle presque pas. Aujourd'hui, pourtant, il a brisé le silence. Il est rentré, a enlevé ses lunettes noires, les a rangées dans la poche de sa veste, puis il a quitté sa veste et l'a accrochée au dossier d'une chaise. Ensuite, il a ouvert sa serviette et m'a montré une petite enveloppe carrée, en papier jaune.

– Une autre photographie est arrivée, tu vois, mon ami ? Elle ne nous a pas encore oubliés.

Il a ouvert l'enveloppe, avec précaution, en s'efforçant de ne pas la déchirer. C'était un polaroïd. Un arc-en-ciel éclairant un fleuve. Dans le coin supérieur droit, on voyait la silhouette d'un garçon nu qui plongeait dans l'eau. Angela Lúcia avait écrit à l'encre bleue, sur le bord de la photographie : *Des eaux calmes, Pará*, et la date. Félix est allé chercher une boîte d'épingles, des petites, à têtes rondes et colorées. Il en a choisi une, d'un vert intense, absurde, et a fixé la photo au mur. Puis il a reculé de trois pas pour juger de l'effet produit. Le mur de la salle de séjour, en face des fenêtres, est presque entièrement recouvert de photographies. L'ensemble forme une sorte de vitrail qui me rappelle à moi les expériences de David Hockney avec les polaroïds. Les tons de bleu prédominent.

Félix Ventura a tourné le grand fauteuil de rotin vers le mur et s'y est assis. Il est resté longtemps dans cette position, immobile, muet, à regarder mourir la lumière finissante du soir contre la lumière immortelle des polaroïds. Ses yeux se sont remplis de larmes. Il les a essuyées avec un mouchoir. Il m'a dit :

– Je sais. Tu aimerais que je lui pardonne. Je regrette beaucoup, mais je ne peux pas. Je pense que je n'en suis pas capable.

L'HOMME MASQUÉ

L'homme qui vient d'entrer me rappelle quelqu'un. Je ne parviens pas, toutefois, à trouver qui. Grand, élégant, bien habillé. Ses cheveux grisonnants, coupés court, lui donnent un air de noblesse que le visage large, un peu grossier, dément aussitôt. Je le vois traverser comme un tigre la lumière dormante de l'après-midi. Il ignore la main que lui tend Félix, puis, avec une expression de léger ennui, il s'assoit en croisant les jambes sur le canapé de cuir. Il pousse un profond soupir. Ses doigts pianotent sur les bras du canapé.

– Je vais vous raconter une histoire invraisemblable. Je vais la raconter parce que je sais que vous ne me croirez pas. Je veux échanger cette histoire invraisemblable, l'histoire de ma vie, contre une autre, simple et solide. L'histoire d'un homme normal. Je vous donne une vérité impossible, vous me donnez un mensonge banal et convaincant. Vous acceptez ?

Il avait bien commencé. Félix Ventura s'est assis, intéressé.

– Vous voyez ce visage ? (L'homme montre avec ses deux mains son propre visage.) Eh bien, ce n'est pas le mien.

Il fait une longue pause. Il hésite. Enfin il commence :

– On m'a volé mon visage. D'ailleurs, comment vous expliquer ? On m'a volé à moi-même. Un jour je me suis réveillé et j'ai découvert qu'on m'avait fait subir une opération de chirurgie plastique. On m'a laissé dans une clinique avec une serviette pleine de dollars et une carte. *Pour les services rendus. Considérez-vous comme remercié.* C'était ce que disait la carte. Ils auraient pu me tuer. Je ne sais pas pourquoi ils ne l'ont pas fait. Peut-être qu'ils pensent que je suis plus mort comme ça. Ou alors, au début j'ai pensé que c'était ça, ils veulent me voir souffrir. Les premiers jours, vraiment, j'ai souffert. J'ai pensé à dénoncer la situation. J'ai cherché des amis. Certains ne m'ont pas cru. D'autres m'ont cru, malgré ce masque que je porte à présent, parce que, enfin, je sais certaines choses, mais ils ont fait semblant de ne pas me croire. Il m'a paru dangereux d'insister. Puis, un après-midi comme celui-ci, seul à la terrasse d'un café, à la pointe de l'Île, je me suis mis à jouir d'une sensation merveilleuse. Je ne savais pas quel nom lui donner. Maintenant je le sais : liberté ! Cette situation a fait de moi un homme libre. J'ai de l'argent. J'ai accès à des comptes bancaires, à l'étranger, qui me permettent de vivre tranquille jusqu'au dernier jour de ma vie. D'un autre côté, les responsabilités ne me pèsent pas, ni les critiques, ni les remords, les jalousies, les haines, les rancœurs, les intrigues de cour, encore moins la terreur que quelqu'un me trahisse un jour.

Félix Ventura hoche la tête, bouleversé :

– J'ai rencontré un individu, un fou, un de ces malheureux qui se promènent par ici, en ville, et gênent la circulation, qui défendait une thèse bizarre. Il croyait que le Président avait été remplacé par un double. Votre histoire me fait penser à la sienne…

L'homme le regarde avec curiosité. Sa voix se fait plus douce. Presque rêveuse :

– Toutes les histoires sont liées. En fin de compte tout est lié. (Il soupire.) Mais il n'y a que quelques fous, très peu nombreux et très fous, qui soient capables de comprendre ça. Bref, ce que je voudrais c'est que vous fassiez pour moi le contraire de ce pourquoi on vous engage généralement. Je veux que vous me fournissiez un passé humble. Un nom sans éclat. Une généalogie obscure et irréfutable. Il doit bien y avoir des types riches, sans famille et sans gloire, non ? J'aimerais en être un…

RÊVE N° 6

Devant nous se dressait une cage très haute, large et profonde, d'où, par intervalles, en rafales vagues, sortait un joyeux piaillement d'oiseaux. Des perruches, des becs de corail, des veuves à tête blanche, des cordons bleus, des anduas, des tourterelles, des guêpiers multicolores. Nous étions assis sur des chaises en plastique, très usées, sous l'ombre parfumée d'un manguier touffu. À notre gauche courait un mur bas, en pisé, peint en blanc. Des papayers gigantesques, chargés de papayes, se balançaient, le long du mur, avec une langueur de mulâtresses. À droite, en direction de la maison, s'alignaient des rangées de citronniers, d'orangers, de goyaviers. Plus loin un énorme *embondeiro* dominait le verger. On aurait dit qu'il avait été placé là pour me rappeler que tout ça n'était qu'un rêve. De la pure fiction. Des poules grattaient au milieu de la terre rouge et de l'herbe très verte, traînant derrière elles des couvées de poussins. José Buchmann m'a adressé un clair sourire de victoire.

– Soyez le bienvenu dans mon humble royaume.

Il a frappé dans ses mains et aussitôt une jeune fille maigre, timide, en petite robe courte, des sandales de plastique chaussant ses pieds légers, a émergé de la pénombre. Buchmann lui a demandé d'apporter une bière glacée pour lui, et pour moi un jus de *pitanga*, la *cerise de Cayenne.* La jeune fille a baissé la tête, sans un mot, et a disparu. Elle est revenue peu après en tenant en équilibre sur un plateau coloré une bouteille de bière, deux verres et un pot contenant le jus. J'ai goûté le jus, méfiant. Il était bon, aigre et doux en même temps, très frais, avec un parfum capable d'illuminer l'âme la plus sombre.

– Nous sommes à Chibia, mais ça vous le savez déjà, n'est-ce pas ? Pour autant que je remercie notre ami commun, notre cher Félix, de m'avoir inventé ce sol natal, je ne le remercierai jamais assez.

– Excusez ma curiosité. Il existe réellement une tombe, dans un cimetière, ici dans la région, au nom de Mateus Buchmann ?

– Oui. Il y avait quelques tombes détruites, et parmi elles, pourquoi pas ? celle de mon père. J'ai fait graver la pierre tombale. Vous l'avez vue. Vous avez vu la photographie, n'est-ce pas ?

– Je comprends. Et les aquarelles d'Eva Miller ?

– Je les ai vraiment trouvées chez un antiquaire, au Cap, dans une boutique fabuleuse, qui vend un peu de tout, des bijoux aux albums de photographies, en passant par de vieux appareils photo. Eva Miller est un nom banal. Il doit y avoir dans le monde quelques dizaines d'aquarellistes qui portent ce nom. La brève nouvelle de sa mort, dans *Le Siècle* de Johannesburg, celle-là, je l'ai inventée, avec l'aide d'un vieux typographe portugais, mon ami. J'avais besoin que Félix lui-même croie à ma biographie. S'il y croyait lui, tout le monde y croirait. Aujourd'hui, sincèrement, même moi j'y crois. Je regarde en arrière, vers mon passé, et je vois deux vies. Dans l'une j'ai été Pedro Gouveia, dans une autre José Buchmann. Pedro Gouveia est mort. José Buchmann est rentré à Chibia.

– Vous saviez qu'Angela était votre fille ?

– Oui. Je suis sorti de prison en 1980. J'étais démoli, complètement démoli, autant physiquement que moralement et psychologiquement. Edmundo m'a emmené à l'aéroport, mis dans un avion et expédié au Portugal. Personne ne m'attendait. Il ne me restait plus de famille, du moins à ma connaissance, il ne me restait plus rien, plus le moindre lien. Ma mère est morte à Luanda, la pauvre, pendant que j'étais en prison. Mon père vivait à Rio de Janeiro, depuis des années, avec une autre femme. Je n'ai jamais eu beaucoup de contacts avec lui. Je suis né à Lisbonne, oui, mais je suis parti pour l'Angola tout petit, je ne parlais pas encore. Le Portugal était mon pays, me disait-on, on me le disait quand j'étais en prison, les autres prisonniers, les flics, mais je ne me sentais pas portugais. Je suis resté à Lisbonne, deux ou trois ans, à travailler pour un hebdomadaire comme correcteur. C'est à ce moment-là, au contact des photographes du journal, que je me suis mis à m'intéresser à la photographie. J'ai suivi une courte formation et je suis parti pour Paris. De là je suis allé à Berlin. J'ai commencé à travailler comme reporter et pendant des années, des dizaines d'années, j'ai parcouru le monde, de guerre en guerre, en essayant de m'oublier moi-même. J'ai gagné beaucoup d'argent, vraiment beaucoup d'argent, mais je ne savais pas qu'en faire. Rien ne m'attirait. Ma vie était une fuite. Un soir je me suis trouvé à Lisbonne, un point sur la carte entre deux points, un lieu de passage. Dans un restaurant du quartier des Restauradores, où je suis entré attiré par l'odeur des abats de poulet que faisait ma mère, j'ai retrouvé un vieux camarade. C'est lui qui, pour la première fois, m'a parlé d'Angela. Ce fils de pute, Edmundo, s'amusait à me raconter, chaque fois qu'il m'interrogeait, comment il avait tué ma femme. Il m'avait aussi dit qu'ils avaient assassiné la petite fille. En fin de compte, ils ne l'ont pas tuée. Ils l'ont torturée devant sa mère, vous l'avez entendu ! Mais ils ne l'ont pas tuée. Ils l'ont portée à Marina, la sœur de Marta, et c'est elle qui l'a élevée. Elle l'a élevée comme sa fille. Quand je l'ai su, j'ai été complètement bouleversé. Les années avaient passé et j'avais vieilli. Je voulais connaître ma fille, je voulais passer du temps avec elle, mais le courage me manquait pour lui dire la vérité. J'étais obsédé. Il m'est venu une haine, une rancœur sauvage contre ces gens, contre Edmundo. Je voulais le tuer. J'ai pensé que si je le tuais, je pourrais regarder ma fille en face. En le tuant, peut-être que je renaîtrais. Je suis retourné à Luanda sans savoir bien que faire. J'avais peur d'être reconnu. À l'hôtel, sur une table au bar, j'ai trouvé une carte de visite de notre ami Félix Ventura. “Donnez à vos enfants un meilleur passé.” Du très bon papier. Très bien imprimé. C'est alors que j'ai eu l'idée d'avoir recours à lui. Sous une autre identité il me serait plus facile de circuler en ville sans attirer les soupçons. Je pourrais tuer Edmundo et disparaître. Mais je voulais qu'il sache pourquoi il allait mourir, je voulais le mettre en face de ses crimes, au fond, je le reconnais, je voulais me venger. Ç'a été difficile de le trouver, et quand je l'ai découvert je me suis aperçu qu'il était devenu fou. Du moins, il avait l'air fou. Je suis allé avec lui chez Félix parce qu'il me fallait avoir l'avis de quelqu'un. Félix a pensé que oui, qu'Edmundo était fou, et à ce moment-là j'ai pensé à renoncer. Je ne pouvais pas tuer un fou. Un soir j'ai attendu que ce type quitte la bouche d'égout dans laquelle il se cachait habituellement et j'y suis entré. Là, dans ce trou immonde, il y avait un matelas, du linge sale, des revues, de la littérature marxiste et, vous n'allez pas le croire, une série de fichiers contenant des rapports de la sécurité de l'État sur des dizaines de personnes. Mon dossier était l'un des premiers. J'étais là, une lampe torche dans une main, le fichier dans l'autre, exalté, troublé, lorsque soudain Edmundo est arrivé, comme une âme en peine. Il a sauté de la bouche d'égout dans ce trou et il est tombé à deux pas de moi. Il tenait un couteau à la main. Il riait. Mon Dieu, son rire ! Il m'a dit : nous voici de nouveau face à face, camarade Pedro Gouveia, cette fois je vais te liquider, et il m'a attaqué. Je l'ai écarté d'un coup de pied, j'ai tiré le pistolet de ma ceinture, je l'avais acheté quelques jours plus tôt au marché de Roque Santeiro, voyez-vous, et j'ai tiré. La balle l'a touché à la poitrine, elle l'a éraflé, j'ai lâché la torche, j'ai tout lâché, affolé, et le type a grimpé pour remonter. Je l'ai attrapé par les jambes, très fort, il s'est débattu, il m'a échappé, s'est dégagé, en me laissant son pantalon dans les mains. Je suis parti à sa poursuite. Le reste, vous le savez déjà. Vous étiez là. Vous avez été témoin de tout ce qui s'est passé après.

– Et Angela, elle savait que vous étiez son père ?

– Elle jure que oui. Elle m'a raconté que Marina lui avait caché la tragédie pendant très longtemps. Jusqu'au jour où, c'était inévitable, quelqu'un, une camarade, je crois, une amie de faculté, a insinué quelque chose. Angela a très mal réagi. Elle s'est fâchée avec Marina et son mari, ses parents, en fin de compte, ses vrais parents, tous deux d'excellentes personnes. Elle s'est fâchée avec eux et a quitté l'Angola. Elle est allée à Londres. Elle est allée à New York. Elle a appris que j'étais photographe et cela l'a amenée à s'intéresser à la photographie. Elle est devenue photographe, comme moi, et comme moi, elle est devenue nomade. Il y a quelques mois vous vous êtes étonné de la coïncidence que nous soyons tous les deux photographes et que nous soyons rentrés au pays tous les deux presque en même temps. Eh bien, comme vous le voyez, ce n'était pas entièrement une coïncidence. Angela jure que dès qu'elle m'a vu, un soir, vous vous souvenez ? un soir, chez vous, elle jure que dès qu'elle m'a vu, dès qu'elle a posé les yeux sur moi, elle a deviné qui j'étais. Je ne sais pas. Quand je pense à cette rencontre, ce que j'éprouve, c'est de la frayeur. Pour moi, ç'a été une rencontre étrange. Moi, oui, je savais qui elle était. Aucun de nous deux n'a rien dit. Nous sommes restés muets. Les mois ont passé, et alors, ce soir-là, j'ai tiré sur Edmundo et il a couru chercher refuge auprès de la seule personne qui pouvait l'accueillir, Félix Ventura, ancien élève du professeur Gaspar, un homme de la tribu…

José Buchmann s'est tu. Il a bu ce qui restait de sa bière, d'un seul trait, et il est resté ensuite absorbé, les yeux plongés dans l'épais feuillage du manguier. On était bien dans ce grand jardin. L'ombre tombait sur nous comme un jet d'eau fraîche. Un ardent et rêche crissement de cigales s'est joint un instant au chant des oiseaux. J'ai eu sommeil, j'ai eu envie de fermer les yeux et de dormir, mais j'ai résisté, certain que si je m'endormais à ce moment-là je me réveillerais changé en gecko.

– Vous avez des nouvelles d'Angela ?

– De temps en temps. En ce moment, elle doit être en train de descendre l'Amazone dans l'une de ces lentes barcasses, paresseuses, qui se couvrent de hamacs la nuit. Il y a beaucoup de ciel là-bas. Beaucoup de lumière dans l'eau. J'espère qu'elle se sent heureuse.

– Et vous, vous êtes heureux ?

– Je me sens enfin en paix. Je n'ai peur de rien. Je ne désire rien. Je crois qu'on peut appeler cela le bonheur. Vous savez ce que disait Huxley ? Le bonheur n'est jamais grandiose.

– Qu'allez-vous devenir ?

– Aucune idée. Je serai probablement grand-père.

FÉLIX VENTURA COMMENCE À ÉCRIRE UN JOURNAL

J'ai trouvé Eulálio mort ce matin. Pauvre Eulálio. Il était tombé au pied de mon lit, un énorme scorpion, une bête horrible, morte elle aussi, entre ses dents. Il est mort en combattant, comme un brave, lui qui ne se trouvait pas courageux. Je l'ai enterré dans le verger, avec pour linceul un mouchoir de soie, un de mes plus beaux mouchoirs, contre le tronc de l'avocatier. J'ai choisi le côté de l'avocatier exposé au couchant, humide, couvert de mousse, parce qu'il y a toujours de l'ombre. Eulálio, pas plus que moi, n'appréciait le soleil. Il va me manquer. J'ai décidé de commencer à écrire ce journal, aujourd'hui même, pour conserver cette illusion que quelqu'un m'écoute. Je n'aurai plus jamais d'auditeur comme lui. Je crois qu'il était mon meilleur ami. Je cesserai, je suppose, de le rencontrer en rêve. D'ailleurs, au fil des heures, le souvenir qu'il me reste de lui ressemble davantage à un château de sable. Le souvenir d'un rêve. Peut-être l'ai-je totalement rêvé, lui, ainsi que José Buchmann et Edmundo Barata dos Reis. Je n'ose pas creuser la terre du jardin, près du bougainvillée, parce que la possibilité de ne rien y trouver me terrorise. Angela Lúcia, si je l'ai rêvée, je l'ai fort bien rêvée. Les cartes postales qu'elle continue à envoyer, une tous les trois ou quatre jours, sont presque réelles. J'ai acheté chez Altair, par Internet, une immense carte du monde. Le magasin Altair à Barcelone est ma librairie préférée. Chaque fois que je vais à Barcelone, je réserve trois ou quatre jours pour me perdre chez Altair, à consulter des livres et des cartes, des albums de photographies, à projeter les voyages que je ferai un jour ; à projeter surtout ces voyages que je ne ferai jamais. J'ai accroché la carte au mur du salon, collée sur une plaque de liège, à côté des polaroïds d'Angela Lúcia. Toutes les cartes postales comportent une note mentionnant le lieu où l'image a été prise et ainsi il m'est facile de suivre son parcours (j'ai planté à chaque endroit une épingle à tête verte). Je vois qu'Angela a descendu l'Amazone jusqu'à Belém do Pará. J'en déduis qu'elle a ensuite loué une voiture, ou, ce qui me paraît plus probable, pris un autocar, en direction du sud. Elle m'a envoyé de São Luís du Maranhão la silhouette en flammes d'un petit bateau à voile carrée : *Rio Anil, 9 février*. Quatre jours plus tard est arrivée l'image d'une main d'enfant lançant un avion de papier. Un fleuve glisse au fond, gros et gris sous le soleil paresseux : *Îles Canárias, Delta de Parnaíba, 13 février*. Il ne m'est pas difficile d'imaginer le chemin qu'elle prendra dans les prochains jours. J'ai acheté hier un billet pour Rio de Janeiro. J'embarquerai après-demain à l'aéroport Santos Dumont pour Fortaleza. Je crois que je n'aurai pas de mal à la trouver. Si José Buchmann a réussi à retrouver un compatriote, un *enchaîné*, dans une cabine téléphonique à Berlin, en ayant pour seul point de repère un feu de signalisation, je trouverai encore plus rapidement une femme qui aime photographier les nuages. Je ne sais pas ce que je ferai quand je la rencontrerai. J'espère que toi, mon bon Eulálio, où que tu sois, tu m'aideras à prendre la bonne décision. Je suis animiste. Je l'ai toujours été, mais je ne m'en suis aperçu que depuis peu. L'âme possède une qualité semblable à celle de l'eau : elle est fluide. Aujourd'hui, c'est un fleuve. Demain, ce sera la mer. L'eau prend la forme du récipient. Dans une bouteille, elle a l'air d'une bouteille. Pourtant, ce n'est pas une bouteille. Qu'il se réincarne chair ou poisson, Eulálio sera toujours Eulálio. Il me vient à la mémoire l'image en noir et blanc de Martin Luther King s'adressant à la foule : *j'ai eu un rêve.* Il aurait mieux fait de dire : *j'ai fait un rêve.* Il y a une différence, en y réfléchissant bien, entre avoir un rêve ou faire un rêve

J'ai fait un rêve.

Lisbonne, 13 février 2004

BIBLIOTHÈQUE PORTUGAISE
dirigée par Pierre LÉGLISE-COSTA

Agustina BESSA-LUÍS
La Cour du Nord
Le Confortable Désespoir des femmes
Les Terres du risque
Party
Un chien qui rêve
Le Principe de l'incertitude
L'Ame des riches

Luis CARDOSO
Une île au loin

Vergílio FERREIRA
Apparition

Lídia JORGE
Le Rivage des murmures
La Journée des prodiges
La Dernière Femme
Le Jardin sans limites
La Couverture du soldat
Le Vent qui siffle dans les grues

Nuno JÚDICE
Traces d'ombre

Maria Gabriela LLANSOL
Les Errances du Mal

Rosa LOBATO DE FARIA
Le Village englouti

António LOBO ANTUNES
Le Cul de Judas

Eduardo LOURENÇO
Pessoa l'étranger absolu
L'Europe introuvable

José RÉGIO
Colin-Maillard

Pedro ROSA-MENDES
Baie des tigres

Jorge DE SENA
Le Physicien prodigieux
Les Grands Capitaines
Au nom du diable

Des nouvelles du Brésil (N° 12)

Des nouvelles de Cuba (N° 39)

Des nouvelles du Portugal (N° 30)

Des nouvelles d'Algérie (N° 100)

ALDISS, Brian
Un petit garçon élevé à la main (N° 56)
Soldat, lève-toi… (N° 57)
Un rude réveil (N° 58)

ALVAREZ, Julia
Au temps des papillons (N° 66)

AMPUERO, Fernando
Caramel vert (N° 24)

ANGIONI, Giulio
L'Or sarde (N° 80)

BATHELOT, Lilian
Le Rire d'Olga (N° 69)

BESSA LUÍS, Agustina
La Sibylle (N° 114)

BRAUCCI, Maurizio
La Mer détraquée (N° 54)

BRYCE-ECHENIQUE, Alfredo
Un monde pour Julius (N° 43)

CAMILLERI, Andrea
La Disparition de Judas (N° 113)

CARD, Gilles
Nomad's land (N° 97)

CARLOTTO, Massimo
Arrivederci amore (N° 73)
Le Maître des nœuds (N° 87)

CAYRE, Hannelore
Commis d'office (N° 91)
Toiles de maître (N° 110)

DA CUNHA, Euclides
Hautes terres (N° 7)

DAZIERI, Sandrone
Sandrone & Associé (N° 47)
Sandrone se soigne (N° 55)
Le Blues de Sandrone (N° 88)

DELGADO APARÍN, Mario
La Ballade de Johnny Sosa (N° 112)

DELFINO, Jean-Paul
Embrouilles au Vélodrome (N° 62)

DE SANTIS, Pablo
La Traduction (n° 93)

DI CARA, Piergiorgio
Ile noire (N° 79)
L'Ame à l'épaule (N° 107)

CARDOSO, Lucio
Chronique de la maison assassinée (N° 103)

DÍAZ, Jesús
Les Paroles perdues (N° 53)

DIAZ-ETEROVIC
Les Sept Fils de Simenon (N° 81)

ERIKSEN, Jens-Martin
Anatomie du bourreau (N° 67)

FAJARDO, José Manuel
Les Imposteurs (N° 76)

FRANCO, Jorge
La Fille aux ciseaux (N° 48)
Paraíso Travel (N° 82)

GABEIRA, Fernando
Les Guérilleros sont fatigués (N° 9)

GAMBOA, Santiago
Perdre est une question de méthode (N° 78)

GIARDINELLI, Mempo
Le Dixième Cercle (N° 23)
Luna caliente (N° 61)
Les Morts sont seuls (N° 109)

GRASSIC GIBBON, Lewis
Sunset Song (N° 96)

GRIMALDI, Laura
La Peur (N° 44)
Le Soupçon (N° 45)
La Faute (N° 68)

GRAY, Alasdair
Pauvres créatures (n° 95)

HEIN, Christoph
La Fin de Horn (N° 18)
L'Ami étranger (N° 38)

Histoires étranges et fantastiques d'Amérique latine (N° 1)

Histoires d'amour d'Amérique latine (N° 59)

INDRIDASON, Arnaldur
La Cité des Jarres (N° 115)

JODOROWSKY, Alejandro
L'Arbre du dieu pendu (N° 14)
Albina et les hommes-chiens (N° 40)
Opéra panique (théâtre) (N° 42)
L'Enfant du Jeudi noir (N° 63)

JORGE, Lídia
Le Rivage des murmures (N° 20)
La Forêt dans le fleuve (N° 31)
La Couverture du soldat (N° 85)

LITTIN, Miguel
Le Voyageur byzantin (N° 71)

LOBO ANTUNES, Antonio
Le Cul de Judas (N° 3)
Fado Alexandrino (N° 17)

MACHADO DE ASSIS, J.-M.
Le Philosophe ou le chien (N° 4)
La Montre en or (N° 10)
Mémoires posthumes de Brás Cubas (N° 33)
Dom Casmurro et les yeux de ressac (N° 51)
La Théorie du médaillon et autres contes (N° 52)
L'Aliéniste (N° 101)
Esaü et Jacob (N° 104)

MAÑAS, José Angel
Je suis un écrivain frustré (N° 16)

MERCE ROCA, Maria
Un Temps pour perdre (N° 41)

MONTERO, Rosa
Le Territoire des barbares (N° 92)

MONTERO GLEZ
Soif de champagne (N° 111)

NATOLI, Luigi
Histoire des Beati Paoli-Tome 1 : Le Bâtard de Palerme (N° 35)
Histoire des Beati Paoli-Tome 2 : La Mort à Messine (N° 36)
Histoire des Beati Paoli-Tome 3 : Coriolano (N° 37)

OSORIO, Elsa
Luz ou le temps sauvage (N° 65)

PADURA, Leonardo
Electre à La Havane (N° 27)
Mort d'un Chinois à La Havane (N° 49)
L'Automne à Cuba (N° 60)

PIÑERA, Virgilio
Nouveaux contes froids (N° 25)

QUADRUPPANI, Serge
Corps défendant (N° 46)
La Nuit de la dinde (N° 74)

DE QUEIRÓS, Eça
La Tragédie de la rue des fleurs (N° 32)

QUIROGA, Horacio
Les Exilés (N° 5)
Le Désert (N° 29)
Contes d'amour de folie et de mort (N° 34)
Anaconda (N° 99)

RIVERA LETELIER, Hernán
La Reine Isabel chantait des chansons d'amour (N° 70)
Mirage d'amour avec fanfare (N° 94)

ROSA MENDES, Pedro
Baie des tigres (N° 86)

SAMPEDRO, José Luis
Le Sourire étrusque (N° 2)
Le Fleuve qui nous emporte (N° 22)

SCORZA, Manuel
Roulements de tambours pour Rancas (N° 15)

DE SENA, Jorge
Signe de feu (N° 28)

SENNA, Danzy
Demi-teinte (N° 84)

SEPÚLVEDA, Luis
Journal d'un tueur sentimental (N° 8)
Yacaré, Hot Line (N° 19)
Les Roses d'Atacama (N° 75)
Histoire d'une mouette et du chat qui lui apprit à voler (N° 83)
Le Vieux qui lisait des romans d'amour (N° 90)
Le Monde du bout du monde (N° 105)
Un nom de torero (N° 106)

SOUZA, Marcio
L'Empereur d'Amazonie (N° 13)
Mad Maria (N° 50)

STADEN, Hans
Nus, féroces et anthropophages (N° 102)

SUÁREZ, Karla
Tropique des silences (N° 108)

TAIBO II, Paco Ignacio
De passage (N° 6)

TORRES, Antônio
Cette terre (N° 64)

TORRES, Maruja
Une chaleur si proche (N° 72)

TREVISAN, Dalton
Le Vampire de Curitiba (N° 11)

TSCHINAG, Galsan
Ciel Bleu (N° 21)
Le Monde gris (N° 89)

VIANNA, Vinicius
La Dernière Ligne (N° 26)

Cet ouvrage a été composé par
Atlant'Communication
aux Sables-d'Olonne (Vendée)

Achevé d'imprimer sur les presses de

BUSSIÈRE
GROUPE CPI

à Saint-Amand-Montrond (Cher)
en janvier 2006

N° d'édition : 0826001. – N° d'impression : 054903/1.
Dépôt légal : février 2006.

Imprimé en France